国家出版基金项目
NATIONAL PUBLICATION FOUNDATION

沈德潛全集

⑧

（清）沈德潛 編著
賀嚴 整理

鳳凰出版社

重訂唐詩別裁集卷十一

長洲沈德潛歸愚選

劉長卿 中唐詩近收斂，選言取勝，元氣不完，體格單而聲調亦降矣。劉文房工于鑄意，巧不傷雅，猶有前輩體段。

穆陵關北逢人歸漁陽

逢君穆陵路，匹馬向桑乾。楚國蒼山古，幽州白日寒。沉鬱。城池百戰後，耆舊幾家殘。處處蓬蒿徧，歸人掩淚看。

逢郴州使因寄嚴協律

相思楚天外，夢寐楚猿吟。更落淮南葉，難爲江上心。衡陽問人遠，湘水向君深。欲逐孤帆去，茫茫何處尋。

岳陽館中望洞庭湖

萬古巴邱戍，平湖北望長。問人何淼淼，愁暮更蒼蒼。叠浪浮元氣，中流没太陽。孤舟有歸客，早晚達瀟湘。

五、六猶有氣焰，然視襄陽、少陵二篇，如江、黄之敵荊楚矣。

北歸次秋浦界清谿館

萬嶺猿啼斷，孤村客暫依。雁過彭蠡暮，人向宛陵稀。舊路青山在，餘生白首歸。漸知行近北，不見鷓鴣飛。

餘干旅舍

摇落暮天迥，青楓霜葉稀。孤城向水閉，獨鳥背人飛。渡口月初上，鄰家漁未歸。鄉心正欲絶，何處搗寒衣。

經漂母墓

昔賢懷一飯，兹事已千秋。古墓樵人識，前朝楚水流。渚蘋行客薦，山木杜鵑愁。春草茫茫緑，王孫舊此遊。

方虚谷云：意深不露。蓋謂楚漢興亡，唯有流水耳。一老母之墓，樵人猶能識之，以其有一飯之德于時也。

送李中丞歸漢陽別業

流落征南將，曾驅十萬師。罷歸無舊業，老去戀明時。獨立三邊静，輕生一劍知。茫茫江漢上，日暮欲何之。

移使鄂州，次峴陽館，懷舊居

多慚恩未報，敢問路何長。萬里通秋雁，千峰共夕陽。舊遊成遠道，此去更違鄉。懷舊居。草露深山裏，朝朝滿客裳。峴陽館。

酬皇甫侍御見寄，時前相國姑臧公初臨郡

離別江南北，汀洲葉再黄。路遥雲共水，沙迥月如霜。歲儉依仁政，年衰憶故鄉。佇看宣室召，漢法倚張綱。此指初臨郡答侍御。

送齊郎中典括州即今之處州。

星象移何處，旌麾獨向東。勸畊滄海畔，聽訟白雲中。樹色雙溪合，猿聲萬嶺同。石門康樂住，幾里枉帆通。

送王端公入秦赴上都

舊國無家訪，臨岐亦羡歸。途經百戰後，客過二陵稀。秋草通征騎，寒城背落暉。行當蒙顧問，吴越歲頻饑。

望其救時，不是尋常酧應。

送張繼司直適越

時危身適越，事往任浮沉。萬里三江去，孤舟百戰心。春風吴渚緑，古木剡溪深。明月滄洲路，歸雲不可尋。

宿北山禪寺

上方鳴夕磬，林下一僧還。密行傳人少，禪心對虎閒。青松臨古路，白日滿寒山。舊識窗前桂，經霜更待攀。

尋南溪常道士

一路經行處，莓苔見屐痕。白雲依靜渚，芳草閉閒門。過雨看松色，隨山到水源。溪花與禪意，相對亦忘言。

結意言其道士能通禪理也。

碧澗別墅喜皇甫侍御相訪

荒村帶晚照，落葉亂紛紛。古路無行客，空山獨見君。野橋經雨斷，澗水向田分。不爲憐同病，何人到白雲。

海鹽官舍早春

小邑滄洲吏，新年白首翁。一官如遠客，萬事極飄蓬。柳色孤城裏，鶯聲細雨中。羈心早已亂，何事更春風。

餞别王十一南遊

留君烟水闊，揮手淚沾巾。飛鳥没何處，青山空向人。長江一帆遠，落日五湖春。誰見汀洲上，相思愁白蘋。

新年作

鄉心新歲切，天畔獨潸然。老至居人下，春歸在客先。巧句，别于盛唐，正在此種。嶺猿同旦暮，江柳共風烟。已似長沙傅，從今又幾年。

松江獨宿

洞庭初下葉，孤客不勝愁。明月天涯夜，青山江上秋。一官成白首，萬里寄滄洲。久被浮名繫，能無愧海鷗。

送侯侍御赴黔中充判官

不識黔中路，今看遣使臣。猿啼萬里客，鳥似五湖人。地遠官無法，山深俗豈淳。須令荒徼外，亦解懼埋輪。

從黔中著意。

錢　起

和萬年成少府寓直

赤縣新秋夜，文人藻思催。鐘聲自仙掖，月色近霜臺。一葉兼螢度，孤雲帶雁來。明朝紫書下，應問長卿才。

錢、劉以下，專工造句。

裴迪南門秋夜對月

夜來詩酒興，月滿謝公樓。影閉重門静，寒生獨樹秋。鵲驚隨葉散，螢遠入烟流。今夕遥天末，清光幾處愁。

月夜螢光自失，然遠入烟叢，則仍見其流矣，此最工於體物。

送屈突司馬充安西書記

制勝三軍勁，澄清萬里餘。星飛龐統驥，箭發魯連書。海月低雲旆，江霞入錦車。遥知太阿劍，計日斬鯨魚。

送少微師西行

隨緣忽西去，何日返東林。世路無期别，空門不住心。人烟一飯少，山雪獨行深。天外猿啼處，誰聞清梵音。

送僧歸日本

上國隨緣住，來途若夢行。浮天滄海遠，去世法舟輕。水月通禪寂，魚龍聽梵聲。惟憐一燈影，萬里眼中明。

題温處士山居

誰知白雲裏，别有緑蘿春。苔繞溪邊徑，花深洞裏人。逸妻看種藥，稚子伴垂綸。潁上逃堯者，何如此養真。

許由之逃，虚言其高，不如日用常行中，自存逸趣也。

送夏侯審校書東歸

楚鄉飛鳥外，獨與片帆還。破鏡催歸客，殘陽見舊山。詩成流水上，夢盡落花間。倘寄相思字，愁人定解顏。

送征雁

秋空萬里静，嘹唳獨南征。風急翻霜冷，雲開見月驚。塞長憑去翼，影滅有餘聲。悵望遥天外，鄉愁滿目生。

六語傳雁去後之神。

韋應物

奉送從兄宰晋陵

東郊春草歇，千里夏雲生。立馬愁將夕，看山獨送行。依微吴苑樹，迢遞晋陵城。慰此斷行別，邑人多頌聲。

送汾城王主簿

少年初帶印，汾上又經過。芳草歸時徧，情人故郡多。禁鐘春雨細，宮樹野烟和。相望東橋別，微風起夕波。

意主簿必向住汾城，故有三、四語。雨中聽鐘，其聲自細，粗心人未必知之。

送別覃孝廉

思親當自去，不第未蹉跎。家住青山下，門前芳草多。秭歸通遠徼，巫峽注驚波。州舉年年事，還期復幾何。

說得心平氣和，送不第人自應如是。

送元倉曹歸廣陵

官閒得去住，告別戀音徽。舊國應無業，他鄉到是歸。苦句。楚山明月滿，淮甸夜鐘微。何處孤舟別，遥遥心曲違。

賦得暮雨送李曹

楚江微雨裏，建業暮鐘時。漠漠帆來重，冥冥鳥去遲。海門深不見，浦樹遠含滋。相送情無限，沾襟比散絲。闗合。

淮上喜會梁州故人

江漢曾爲客，相逢每醉還。浮雲一别後，流水十年間。歡笑情如舊，蕭疏鬢已斑。何因不歸去，淮上有秋山。

語意好，然淮上實無山也。

郎士元

錢郎送人之作，時得之者，以爲寵榮。

送李將軍赴鄧州

應是定州，即古之中山，近今之真定。若南陽鄧州，與詩中意不合。

雙旌漢飛將，萬里獨横戈。春色臨關盡，黄雲出塞多。極警拔語，右丞則以『黄雲斷春色』五字盡之。鼓鼙悲絶漠，烽戍隔長河。想到陰山北，天驕已請和。

送楊中丞和蕃

錦車登隴日，邊草正萋萋。舊好隨君長，新愁聽鼓鼙。河源飛鳥外，雪嶺大荒西。漢壘今猶在，遥知路不迷。

送錢大

暮蟬不可聽，落葉豈堪聞。共是悲秋客，那知此路分。荒城背流水，遠雁入寒雲。陶令東籬菊，餘花可贈君。

高仲武謂：工於發端。然『不可聽』『豈堪聞』未免於複。愚謂結意望其能秉高節，更耐尋繹也。

送賈奚歸吴

東南富春渚，曾是謝公遊。今日奚生去，新安江正秋。水容清過客，楓葉落行舟。遥想赤亭下，聞猿應夜愁。

送彭偃房由赴朝，因寄錢大郎中、李十七舍人

衰病已經年，西峰望楚天。風光欺鬢髮，秋色換山川。寂寞浮雲外，支離漢水邊。平生故人遠，君去話潸然。

春日宴張舍人宅

懶尋芳草徑，來接侍臣筵。山色知殘雨，墻陰覺暮天。鶯歸漢宫柳，花隱杜陵烟。地與東鄰接，春光醉目前。

皇甫冉

字茂政，丹陽人。十歲能詩文，天寶中成進士第一，官無錫尉、左金吾兵曹。大曆中，遷右補闕。

巫山高

巫峽見巴東，迢迢出半空。雲藏神女館，雨到楚王宫。朝暮泉聲落，寒暄樹色同。清猿不可聽，偏在九秋中。

終篇穩稱，可繼沈雲卿作。

送韓司直

遊吳還適越，來往任風波。復送王孫去，其如芳草何。岸明殘雪在，潮滿夕陽多。季子留遺廟，停舟試一過。

送康判官往新安

不向新安去，那知江路長。猿聲近廬霍，水色勝瀟湘。驛路收殘雨，漁家帶夕陽。何須愁旅泊，使者有輝光。開後人套語。

奉和王相公早春登徐州城

落日憑危堞，春風似故鄉。川流通楚塞，山色遶徐方。壁壘依寒草，旌旗動夕陽。元戎資上策，南畝起耕桑。

途中送權三兄弟

淮海風濤起，江關幽思長。同悲鵲繞樹，獨作雁隨陽。喻漂泊無依。山晚雲和雪，汀寒月映霜。由來濯纓處，漁父愛滄浪。

歸渡洛水

暝色赴春愁，歸人南渡頭。渚烟空翠合，灘月碎光流。寫渡水晚景，自然入妙，與『落日在簾鈎』一種起法。澧浦饒芳草，滄浪有釣舟。誰知放歌處，此意正悠悠。

逢莊納因贈

世故還相見，天涯共向東。春歸江海上，人老別離中。郡吏名何晚，沙鷗道自同。《甘泉》須早獻，且莫歎飄蓬。

皇甫曾字孝常，冉之弟也。天寶中第進士，歷侍御史，坐事貶舒州司馬、陽翟令，詩與兄齊名。

送人往荆州亦作李端詩。

草色隨驄馬，悠悠同出秦。水傳雲夢曉，山接洞庭春。帆影連三峽，猿聲近四鄰。青門一分手，難見杜陵人。

送李中丞歸本道

上將宜分閫，雙旌復出秦。關河三晋路，賓從五原人。孤戍雲通海，平沙雪度春。酧恩看玉劍，何處有烟塵。

送孔徵士

谷口爲幽處，君歸不可尋。家貧青史在，身老白雲深。掃雪開松逕，疏泉過竹林。余生負丘壑，相送亦何心。

司空曙字文明，廣平人。登進士第，貞元中爲水部郎中，終虞部。

雲陽館與韓紳宿別

故人江海别，幾度隔山川。乍見翻疑夢，相悲各問年。孤燈寒照雨，深竹暗浮烟。更有明朝恨，離杯惜共傳。

三、四寫别久忽遇之情；五、六夜中共宿之景。通體一氣，無餖飣習，尔時已爲高格矣！

賊平後送人北歸

世亂同南去，時清獨北還。他鄉生白髮，舊國見青山。曉月過殘壘，繁星宿故關。寒禽與衰草，處處伴愁顔。

四語與『殘陽見舊山』同妙。

送鄭明府貶嶺南

青楓江色晚，楚客獨傷春。共對一尊酒，相看萬里人。猜嫌成謫宦，正直不妨身。五字可謂贈人以言。莫畏炎方久，年年雨露新。

經廢寶慶寺

黄葉前朝寺，無僧寒殿開。池晴龜出曝，松暝鶴飛回。古砌碑横草，陰廊畫雜苔。禪宫亦消歇，塵世轉堪哀。

喜外弟盧綸訪宿

静夜四無鄰，荒居舊業貧。雨中黄葉樹，燈下白頭人。以我獨沉久，媿君相訪頻。平生有深意，况是蔡家親。

盧　綸

送李端

故關衰草遍，離别正堪悲。路出寒雲外，人歸暮雪時。少孤爲客早，多難識君遲。掩泣空相向，風塵何所期。

送都尉歸邊

好勇知名早，争雄上將間。戰多春入塞，獵慣夜燒山。合陣龍蛇動，移軍草木閒。今來部曲盡，白首過蕭關。

夜中得循州趙司馬侍郎書，因寄回使

瘴海寄雙魚，中宵達我居。兩行燈下淚，一紙嶺南書。地説炎蒸極，人稱老病餘。殷勤報賈傅，莫共酒杯疏。

題崔端公園林

上士愛清輝，開門向翠微。抱琴看鶴去，枕石待雲歸。自然處猶近摩詰。野坐苔生席，高眠竹挂衣。舊山東望遠，惆悵暮花飛。

李端

端，趙州人。大曆五年進士，從駙馬郭曖遊，仕杭州刺史。

聞吉中孚還俗，因而有此贈

聞道華陽客，儒衣謁紫微。舊山連藥賣，孤鶴帶雲歸。柳市名猶在，桃源夢已稀。還家見鷗鳥，應媿背船飛。

還俗歸於正也，詩中却有不滿意。

顧　况

洛陽早春

何地避春愁，終年憶舊遊。一家千里外，百舌五更頭。客路偏逢雨，鄉山不入樓。故園桃李月，伊水向東流。

耿　湋

字洪源，河東人。寶應元年進士，官右拾遺。

春日即事

數畝東皋宅，青春獨屏居。家貧僮僕慢，官罷友朋疏。强飲沽來酒，羞看讀破書。閒花更滿地，惆悵復何如。

三、四語當時傳誦。少陵云『讀書破萬卷，下筆時有神』，此云『羞看』，言讀破者之少也。

李嘉祐

字從一，趙州人。天寶中，擢第，官秘書正字。大曆中，至袁州刺史。

和都官苗員外秋夜寓直對雨簡諸知己

多雨南宫夜，仙郎寓直時。漏長丹鳳闕，秋冷白雲司。螢影侵階亂，鴻聲出苑遲。蕭條人吏散，小謝有新詩。

玄暉有《直中書省》及《觀朝雨》二詩，與題中對雨關合，故云。

送王牧吉州謁使君叔

細草緑汀洲，王孫耐薄遊。年華初冠帶，文體舊弓裘。野渡花争發，春塘水亂流。使君憐小阮，應念倚門愁。

天然名秀，當時稱其齊梁風格，不虚也。

至七里灘作

遷客投於越，臨江淚滿衣。獨隨流水去，轉覺故人稀。萬木迎秋序，千峰駐晚暉。行舟猶未已，惆悵暮潮歸。

奉陪韋潤州過鶴林寺

野寺江城近，雙旌五馬過。禪心超忍辱，梵語問多羅。松竹閒僧老，雲烟晚日和。寒塘歸路轉，清磬隔微波。

嚴維

字正文，山陰人。至德中擢辭藻宏麗科，官止秘書郎。

酬劉員外見寄

蘇耽佐郡時，近出白雲司。藥補清羸疾，窗吟絶妙詞。柳塘春水漫，花塢夕陽遲。欲識懷君意，明朝訪檝師。

歐公云『天容時態，融和駘蕩』，『如在目前』。

荆溪館呈邱義興

失路荆溪上，依人忽暝投。長橋今夜月，陽羨古時州。野燒明山郭，寒更出縣樓。先生能館我，無事五湖遊。

同王徵君湘中有懷

八月洞庭秋，瀟湘水北流。還家萬里夢，爲客五更愁。不用看書帙，偏宜上酒樓。故人京洛滿，何日復同遊。

劉方平

方平，河南人。不樂仕進，元魯山與之善，蕭穎士稱之。

新春

南陌春風早，東鄰曙色斜。一花開楚國，雙燕入盧家。鮮而不膩。眠罷梳雲髻，妝成上錦車。誰知如昔日，更浣越溪紗。

詩意咏美人新春，與泛然咏春不同。

秋夜汎舟

林塘夜汎舟，蟲響荻颼颼。萬影皆因月，千聲各爲秋。巧而不纖。歲華空復晚，鄉思不堪愁。西北浮雲外，伊川何處流。

韓　翃

字君平，南陽人。大吏辟爲從事，不得意，家居，一日夜將半，叩門急，賀曰：『旨除駕部郎中知制誥。』翃曰：『誤矣！』客曰：『制誥乏人，中書兩進名不從，又請，曰：「與韓翃。」時有同姓名者，爲江淮刺史。又具二人同進，御批「與咏『春城無處不飛花』之韓翃」。此君詩也。』翃始信，時建中初也，終中書舍人。

送壽川陳録事

壽陽南渡口，歛笏見諸侯。片雨楚雲暮，千家淮水秋。開簾對芳草，送客上春洲。請問山中桂，王孫幾度遊。

題薦福寺衡陽岳師房

春城乞食還，高論此中閒。僧臘堦前樹，禪心江上山。疏簾看雪捲，深户映花關。晚送門人去，鐘聲杳靄間。

梅花落

新歲芳梅樹，繁花四面同。春風吹漸落，一夜幾枝空。少婦今如此，長城恨不窮。莫將遼海雪，來比後庭中。　似徐、庾小詩，不落後人咏梅阬塹。

寄武陵李少府

小縣春生日，公孫吏隱時。楚歌催晚醉，蠻語入新詩。桂水遥相憶，花源暗有期。郢門千里外，莫怪尺書遲。

鄭　錫未詳。

送客之江西

乘軺奉紫泥，澤國渺天涯。九派春潮滿，孤帆暮雨低。草深鶯斷續，花落水東西。更有高堂處，知君路不迷。

著雨則帆重，體物之妙在一『低』字。

隴頭別

秋盡初移幙，霑裳一送君。據鞍窺古堠，開竈爇寒雲。登隴人迴首，臨關馬顧群。從來斷腸處，皆向此中分。

度關山

象弭插文犀，魚腸瑩鷿鵜。水聲分隴咽，馬色度關迷。曉幕胡沙慘，危峰漢月低。仍聞數騎將，更欲出遼西。

包　何

字幼嗣，里居未詳。天寶中進士，大曆中官起居舍人。

送泉州李使君之任

傍海皆荒服，分符重漢臣。雲山百越路，市井十洲人。執玉來朝遠，還珠入貢頻。連年不見雪，到處即行春。

崔 峒未詳。

題崇福寺禪師院

僧家竟何事，埽地與焚香。清磬度山翠，閒雲來竹房。身心塵外遠，歲月坐中忘。向晚禪堂掩，無人空夕陽。

于良史良史爲張徐州建封從事，重其詩，薦於朝，官至侍御。

冬日野望

地際朝陽滿，天邊宿霧收。風兼殘雪起，河帶斷冰流。北闕馳心極，南圖尚旅遊。登臨思不已，何處可銷憂。

閒居寄薛華

隱几讀黄老，蕭齋耳目清。僻居人事少，多病道心生。雨洗山木濕，鴉鳴池館晴。晚來因廢卷，行藥至西城。

戎　昱

昱，荆南人。登進士第，建中中爲辰、虔二州刺史。

憲宗朝，北狄頻寇邊，大臣奏：古者和親有五利而無費。帝曰：朕記得詩人《咏史》一篇云：『漢家青史上，計拙是和親。』侍臣以戎昱對，帝笑曰：『魏絳之功，何其懦也！』自是，息和蕃之議。

咏史

漢家青史上，計拙是和親。社稷依明主，安危托婦人。豈能將玉貌，便擬静胡塵。地下千年骨，誰爲輔佐臣。議論正大。

昱又有句云：『過從讒後重，恩合死前酬。』此議論之佳者。

塞下曲

北風凋白草，胡馬日騣騣。夜後戍樓月，秋來邊將心。鐵衣霜雪重，戰馬歲年深。自有盧龍塞，烟塵飛至今。

桂州臘夜

坐到三更盡，歸仍萬里賒。雪聲偏傍竹，寒夢不離家。曉角分殘漏，孤燈落碎花。二年隨驃騎，辛苦向天涯。

李　益

喜見外弟又言別

十年離別後，長大一相逢。問姓驚初見，稱名憶舊容。別來滄海事，語罷暮天鐘。明日巴陵道，秋山又幾重。與『乍見翻疑夢，相悲各問年』，撫衷述愫，同一情至。

一氣旋折，中唐詩中僅見者。

于　鵠

鵠，貞元時人，未詳里居出處。

送客臨邊

若到并州去，誰人不憶家。塞深無伴侶，路盡只平沙。磧冷唯逢雁，天春不見花。莫隨征將意，垂老事輕車。

哭劉夫子

近問南州客，云亡已數春。痛心曾受業，追服恨無親。孀婦歸鄉里，書齋屬四鄰。不知經亂後，奠祭有何人。

題鄰居

僻巷鄰家少，茅簷喜並居。蒸梨常共竈，澆薤亦同渠。傳屐朝尋藥，分燈夜讀書。雖然在城市，還得似樵漁。

語語中有鄰在。

竇叔向

字遺直，扶風人。與常衮善，衮爲相，用爲左拾遺。貶，出爲溧水令，後贈工部尚書。諸子常、牟、群、庠、鞏，皆以詩名。

過擔石湖

曉發魚門戍，晴看擔石湖。日銜高浪出，天入四空無。咫尺分洲島，纖毫指舳艫。渺然從此去，誰念客帆孤。

朱灣

字巨川，蜀人。貞元元和間，爲李勉永平從事。

秋夜宴王郎中宅，賦得霜中菊

衆芳春競發，寒菊露偏滋。受氣何曾異，開花獨自遲。晚成猶有分，欲采未過時。忍棄東籬下，看隨秋草衰。

戴叔倫

高仲武謂叔倫『骨氣稍輕』，晁公武謂《唐史》不稱其能詩，正以少其綿弱。然尔時詩格日卑，幼公已云矯矯，愚不能人云亦云也。

除夜宿石頭驛

旅館誰相問，寒燈獨可親。一年將盡夜，萬里未歸人。旅人讀不得。寥落悲前事，支離笑此身。愁顔與衰鬢，明日又逢春。

應是萬里歸來，宿於石頭驛，未及到家也。不然石城與金壇相距幾何，而云萬里乎？

汝南逢董校書

擾擾倦行役，相逢陳蔡間。如何百年内，不見一人閒。對酒惜餘景，問程愁亂山。秋風萬里道，又度穆陵關。

前人有『誰人肯向死前閒』句，讀三、四語，爲之慨然。

山居即事

巖雲掩竹扉，去鳥帶餘暉。地僻生涯薄，山深俗事稀。養花分宿雨，剪葉補秋衣。野渡逢漁子，同舟蕩月歸。

卧病

門掩青山卧，莓苔積雨深。病多知藥性，客久見人心。衆鳥趨林健，孤蟬抱葉吟。滄洲詩社散，無夢盍朋簪。

楊巨源

長城聞笛

孤城笛滿林，斷續共霜砧。夜月降羌淚，秋風老將心。静過寒壘遍，暗入故園深。惆悵梅花落，山川不可尋。

白居易

賦得古原草送别

離離原上草，一歲一枯榮。野火燒不盡，春風吹又生。遠芳侵古道，晴翠接荒城。又送王孫去，萋萋滿别情。

此詩見賞於顧况，以此得名者也。然老成而少遠神，白詩之佳者，正不在此。

久不見韓侍郎，戲題四韵贈之

近來韓閣老，疏我我心知。户大嫌甜酒，才高笑小詩。静吟乘月夜，閑醉曠花時。還有愁同處，春風滿鬢絲。

宴散

小宴追凉散，平橋步月回。笙歌歸院落，鐙火下樓臺。殘暑蟬催盡，新秋雁帶來。將何迎睡興，臨卧舉殘杯。

三、四傳出富貴氣象。

人定

人定月朧明，香消枕簟清。翠屏遮燭影，紅袖下簾聲。坐久吟方罷，眠初夢未成。誰家教鸚鵡，故故語相驚。

與前一首相似。

常非月

未詳名字里居，官西河尉。

咏談容娘

舉手整花鈿，翻身舞錦筵。馬圍行處匝，人壓看場圓。歌索齊聲和，情教細語傳。不知心大小，容得許多憐。

梁陳人名語。

河亭晴望九月八日。

風轉雲頭斂，烟銷水面開。晴虹橋影出，秋雁櫓聲來。郡静官初罷，鄉遥信未迴。明朝是重九，誰勸菊花杯。

重訂唐詩別裁集卷十二

長洲沈德潛歸愚選

韓愈

祖席得秋字。

淮南悲木落，而我亦傷秋。況與故人別，那堪羈宦愁。榮華今異路，風雨昔同憂。莫以宜春遠，江山多勝遊。

大曆以下，無人解此用筆矣！昌黎高超邁俗，五言近體中運以古風，筆力英氣逼人。《淮南子》云：長年悲木落。

送桂州嚴大夫名謨。

蒼蒼森八桂，兹地在湘南。江作青羅帶，山如碧玉篸。户多輸翠羽，家自種黄甘。遠勝登仙去，飛鸞不假驂。

奉和兵部張侍郎，酬鄆州馬尚書被召途中見寄，開緘之日，馬帥已再領鄆州之作

張名賈，馬名總。

來朝當路日，承詔改轅時。再領須句國，仍遷少昊司。暖風抽宿麥，清雨卷歸旗。賴寄新珠玉，長吟慰我思。《左傳》僖公二十一年，邾人滅須句。地在東平須昌縣。秋帝少昊，主刑，時馬總加檢校刑部尚書。

柳宗元

酬徐二中丞普寧郡内池館即事見寄

鵷鴻念舊行，虚館對荒塘。落日明朱檻，繁花照羽觴。泉歸滄海近，樹入楚山長。榮賤俱爲累，相期在故鄉。榮賤，合己與中丞言之。

梅雨

梅實迎時雨，蒼茫值晚春。愁深楚猿夜，夢斷越雞晨。海霧連南極，江雲暗北津。素衣今盡化，非爲帝京塵。

活用陸士衡語，所以念帝鄉、傷放逐也。

劉禹錫

歲夜咏懷

彌年不得意，新歲又如何。念昔同遊者，而今有幾多。以閒爲自在，將壽補蹉跎。春色無新故，幽居亦見過。

八月十五夜觀月

天將今夜月，一遍洗寰瀛。暑退九霄净，秋澄萬景清。星辰讓光彩，風露發晶英。能變人間世，翛然是玉京。

張　籍

薊北旅思

日日望鄉國，空歌白紵詞。長因送人處，憶得別家時。失意還獨語，多愁秖自知。客亭門外柳，折盡向南枝。

五六平平，中晚通病。

夜到漁家

漁家在江口，潮水入柴扉。行客欲投宿，主人猶未歸。竹深村路遠，月出釣船稀。遥見尋沙岸，春風動草衣。

三四直白語，以自然得之。

李賀

七夕

別浦今朝暗，羅幃午夜愁。鵲辭穿綫月，花入曝衣樓。天上分金鏡，人間望玉鈎。錢塘蘇小小，又值一年秋。

鮑溶

字德源，未詳里居。元和進士，歐陽永叔稱其詩清約嚴謹，爲近世之能者。

泊楊子岸

纔入維揚郡，鄉關此路遥。林藏初霽雨，風退欲歸潮。江火明沙岸，雲帆礙浦橋。客衣今日薄，寒氣近來饒。

張祜

字承吉，清河人。嘗客淮南，杜牧深重之。愛丹陽曲阿地，築室，卜隱以終。長慶中，祜爲令狐楚所知，自草薦表，令以詩三百首隨薦表進元稹。在内廷上問之，稹曰：『雕蟲小技，壯夫不爲。或獎激之，恐變陛下風教。』上頷之，遂失意東歸。

登廣武原

廣武原西北，華夷此浩然。地盤山入海，河遶國連天。遠樹千門色，高檣萬里船。鄉心日云暮，猶在楚城邊。

有氣魄、有筆力！

此公《金山詩》最爲庸下，偏以此得名，真不可解。

題松汀驛

山色遠含空，蒼茫澤國東。海明先見日，江白迥聞風。鳥道高原去，人烟小逕通。那知舊遺逸，不在五湖中。

姚合

合，陝州人，崇之元孫。元和中進士，爲武功主簿。歷官觀察使，終秘書監。以詩名重於時，選有《極元集》，取王維等二十六人詩百篇，曰：『此詩中射雕手也』。

春日早朝寄劉起居

九衢寒霧斂，雙闕曙光分。彩仗迎春日，香烟接瑞雲。佩聲清漏間，天語侍臣聞。莫笑馮唐老，還來謁聖君。

賈島

字浪仙，范陽人。初爲浮屠，名無本。元和中，詩尚輕淺，島以僻澀矯之。來東都，韓昌黎奇其詩，令返初服。文宗時，官長江主簿。

暮過山村

數里聞寒水，山家少四鄰。怪禽啼曠野，落日恐行人。後李洞全學此種。初月未終夕，邊烽不過秦。蕭條桑柘外，烟火漸相親。

落日、初月，平頭之病。

贈王將軍

宿衛爐烟近，除書墨未乾。馬曾金鏃中，身有寶刀瘢。父子同時捷，君王畫陣看。何當爲外帥，白日出長安。

中晚五律亦多佳製，然蒼莽之氣不存，所以難與前人分道，此篇庶幾近之。

宿山寺

衆岫聳寒色，精廬向此分。流星透疏木，走月逆行雲。絶頂人來少，高松鶴不群。一僧年八十，世事未曾聞。

順行雲則月隱矣，妙處全在『逆』字。

長江有『秋風吹渭水，落葉滿長安』句。風格頗高，惜通體不稱，故不全録。

周賀

字南卿，初爲僧，與賈島、無可齊名。後姚合愛其詩，加以冠巾。

長安送人

上國多離別，年年渭水濱。空將未歸意，說向欲行人。雁度池塘月，山連井邑春。臨岐惜分手，日暮一霑巾。

李德裕

字文饒，趙郡人，宰相吉甫子也。以蔭補校書郎，穆宗即位，擢翰林學士，授御史中丞。牛僧儒、李宗閔追怨吉甫，出德裕爲浙江觀察使。太和中，召還，拜中書門下平章事，封贊皇縣伯。爲李訓、鄭注所惡，王璠、李漢復譖之，貶太子賓客，分司東都。武宗立，復相，拜太尉，封衛國公。翊贊之功，唐室幾於復振。宣宗即位，終以黨人交搆，貶崖州司户，卒。德裕引掖寒素，不遺餘力。及謫官南去，或有詩曰『八百孤寒齊下淚，一時回首望崖州』，即汲引一端，可以知其生平矣。其論文云『譬如日月，終古常見，而光景常新』，斯爲至論。

秋日登郡樓望贊皇山，感而成咏

昔人懷井邑，爲有挂冠期。顧我飄蓬者，長隨泛梗移。越唫因病感，潘鬢入愁悲。北指邯鄲道，應無歸去期。

一氣直下，以行文之法成詩，小家數不解辦此。

題劍門

奇峰百仞懸，清眺出嵐烟。迥若戈回日，高疑劍倚天。參差霞壁聳，合沓翠屏連。想是三刀夢，森然在目前。

章孝標

孝標，桐廬人。元和中進士，初除秘書省正字，太和中爲大理評事。

田家

田家無五行，水旱卜蛙聲。牛犢乘春放，兒孫候暖耕。池塘烟未起，桑柘雨初晴。歲晚香醪熟，村村自送迎。

首句『無』字，作不識意解。通體村朴，稱題。

李商隱

義山五言近體徵引過多，性靈轉失，兹特取有風格者數章。

河清與趙氏昆季燕集擬杜工部

勝概殊江右，佳名逼渭川。虹牧青嶂雨，鳥没夕陽天。客鬓行如此，滄江坐渺然。此中真得地，漂蕩釣魚船。

能以格勝。

蟬

本以高難飽，徒勞恨費聲。五更疏欲斷，一樹碧無情。取題之神。薄宦梗猶汎，故園蕪已平。煩君最相警，我亦舉家清。

令狐舍人説昨夜西掖翫月因戲贈

昨夜玉輪明，傳聞近大清。凉波衝碧瓦，曉暈落金莖。露索秦宫井，風絃漢殿箏。幾時《綿竹頌》，擬薦《子虛》名。

《綿竹頌》，揚雄作。楊莊誦於成帝。《子虛賦》，司馬相如作，狗監楊得意表其名於武帝。

落花

高閣客竟去，小園花亂飛。參差連曲陌，迢遞送斜暉。腸斷未忍埽，眼穿仍欲歸。芳心向春盡，所得是沾衣。

題易粘膩，此能掃却臼科。

陳後宮

茂苑城如畫，閶門瓦欲流。還依水光殿，更起月華樓。侵夜鸞開鏡，迎冬雉獻裘。從臣皆半醉，天子正無愁。

茂苑，在臺城内，非吴城之茂苑也，閶闔門亦然，二處宋齊所建。月華樓，乃陳后主所建。

題鄭大有隱居

結構何峰是，喧閑此地分。石梁高瀉月，樵路細侵雲。偃卧蛟螭室，希夷鳥獸群。近知西嶺上，玉管有時聞。

晚晴

深居俯夾城，春去夏猶清。天意憐幽草，人間重晚晴。併添高閣迥，微注小窗明。越鳥巢乾後，歸飛體更輕。

細雨

蕭灑傍回汀，依微過短亭。氣涼先動竹，點細未開萍。稍促高高燕，微疏的的螢。故園烟草色，仍近五門青。

《禮記注》：天子五門，皋、雉、庫、應、路也。

和張秀才落花有感

晴暖感餘芳，紅苞雜絳房。落時猶自舞，掃後更聞香。夢罷收羅薦，仙歸敕玉箱。迴腸九迴後，猶有剩迴腸。

過姚孝子廬偶書

拱木臨周道，荒廬積古苔。魚因感姜出，鶴爲吊陶來。兩鬢蓬常亂，雙眸血不開。聖朝敦爾類，非獨路人哀。

姜詩事母孝，舍側涌泉每旦出雙魚以供母膳。陶侃居母憂，二客來吊，化鶴飛去。

少將

族亞齊安陸，蕭緬封安陸侯。風高漢武威。劉子南。烟波別墅醉，花月後門歸。青海聞傳箭，天山報合圍。一朝携劍起，上馬即如飛。

温庭筠

商山早行

晨起動征鐸，客行悲故鄉。雞聲茆店月，人迹板橋霜。《早行》名句，盡此一聯。槲葉落山路，枳花明驛墻。因思杜陵夢，鳧雁滿回塘。

中晚律詩，每于頸聯振不起，往往索然興盡。

送人東遊

古戍落黄葉，浩然離故關。高風漢陽渡，初日郢門山。江上幾人在，天涯孤棹還。何當重相見，尊酒慰離顔。

起調最高。

太子西池

花紅蘭紫莖，愁草雨新晴。柳占三春色，鶯偷百鳥聲。日長嫌輦重，風暖覺衣輕。薄暮香塵起，長楊落照明。

盧氏池上遇雨贈同游

簟翻凉氣集，谿上潤殘棊。萍皺風來後，荷喧雨到時。寂寥閒望久，飄洒獨歸遲。無限松江恨，煩君解釣絲。

四語與『荷枯雨滴聞』同妙。

許渾

字用晦，丹陽人。太和六年進士，爲當塗、太平二縣令。大中三年，爲監察御史。歷睦、郢二州刺史，有《丁卯集》。

送客歸蘭溪

花下送歸客，路長應過秋。暮隨江鳥宿，寒共嶺猿愁。衆水喧嚴瀨，群峰抱沈樓。因君幾南望，曾向此中遊。

沈樓，即元暢樓，又名八咏樓。

遊維山新興寺宿石屏村謝叟家

晚過石屏村，邨長日漸曛。僧歸下嶺見，人語隔溪聞。谷響寒耕雪，山明夜燒雲。家家扣銅鼓，欲賽魯將軍。原注：邨有魯肅廟。

送客歸湘楚

無辭一杯酒，昔日與君深。秋色換歸鬢，曙光生別心。桂花山廟冷，楓樹水樓陰。此路千餘里，應勞楚客吟。

馬戴

字虞臣，未詳里居。會昌四年進士，大中初，太原李司空辟掌書記，以正言，斥爲龍陽尉，終太常博士。

落日悵望

孤雲與歸鳥，千里片時間。念我何留滯，辭家久未還。微陽下喬木，遠色隱秋山。臨水不敢照，恐驚平昔顔。

意、格俱好，在晚唐中可云軒鶴立雞群矣！

送人遊蜀

別離楊柳陌，迢遞蜀門行。若聽清猿後，應多白髮生。虹霓侵棧道，雨雪雜江聲。即下所云愁人處。過盡愁人處，烟花是錦城。

杜云『仲冬見虹霓』，豈蜀中虹霓與雨雪並見耶？

送柳秀才往連州看弟

離人非逆旅，有弟謫連州。楚雨雩猿暮，湘雲拂雁秋。蒹葭行廣澤，星月棹寒流。何處江關鎖，風濤阻客愁。

楚江懷古

露氣寒光集，微陽下楚丘。猿啼洞庭樹，人在木蘭舟。二語連讀，乃見標格。廣澤生明月，蒼山夾岸流。雲中君不降，竟夕自悲秋。

過野叟居

野人閒種樹，樹老野人前。居止白雲內，漁樵滄海邊。呼兒采山藥，放犢飲溪泉。自著養生論，無煩憂暮年。

趙　嘏

東歸道中

未明喚童僕，江上憶殘春。風雨落花夜，山川驅馬人。星星一鏡髮，草草百年身。此日念前事，滄洲情更親。

李　遠

字承古，蜀人。太和五年進士，歷忠、建、江三州刺史，終御史中丞。

送人入蜀

蜀客本多愁，今君是勝遊。碧藏雲外樹，紅露驛邊樓。杜魄呼名語，巴江學字流。不知烟雨外，何處夢刀州。

李群玉

登蒲澗寺後巖

五仙騎五羊，何代降兹鄉。澗有堯年韭，山餘禹日糧。樓臺籠海色，草樹發天香。歌嘯波光裏，浮溟興甚長。

于武陵

《品彙》云杜曲人，《紀事》云會昌時人，大中進士。

贈賣松人

入市雖求利，憐君意獨真。欲將寒澗樹，賣與翠樓人。所賣非所需。瘦葉幾經雪，淡花應少春。長安重桃李，徒染六街塵。

東門路

東門車馬路，此路有浮沉。白日若不落，紅塵應更深。從來名利地，皆起是非心。所以青青草，年年生漢陰。

項斯

字子遷，江東人。始未有聞，以卷謁楊敬之，楊贈詩云：『幾度見詩詩盡好，及觀標格過於詩。平生不解藏人善，到處逢人説項斯。』未幾，詩達長安，明年，擢上第。

送歐陽袞之閩中

秦城幾歲住，猶著故鄉衣。失意時相識，成名後獨歸。海秋蠻樹黑，嶺夜瘴雲飛。爲學心難滿，知君更掩扉。

即『勤學翻知誤』意。

紀唐夫

開成時人，餘未詳。

送友人歸宜春

落花兼柳絮，無處不紛紛。遠道空歸去，流鶯獨自聞。野橋喧碓水，山郭入樓雲。故里南陔曲，秋期欲送君。

應是下第後送歸故里省親，至秋期復送之入都也。

周朴

字大朴，吴興人。避地福州，寄食烏石山。黄巢寇閩，欲降之，朴曰：『我不仕天子，焉肯從賊？』遂見害。

董嶺水

湖州安吉縣，門與白雲齊。禹力不到處，河聲流向西。去衙山色遠，近水月光低。中有高人在，沙中曳杖藜。

安吉縣水勢實流向西，因衆山圍合也，服其用筆之老。

五、六少力。

朴自愛『禹力不到處』二語。有一士跨驢而行，遇朴，佯誦『河聲流向東』，促驢行，朴直追數里，告之以流向西，非東也，當時傳以爲笑。

哭陳度

繫馬向山立，一杯聊奠君。野烟孤客路，寒草故人墳。琴韵歸流水，詩情寄白雲。日斜休哭後，松韵不堪聞。

陸龜蒙

村中晚望

抱杖柴門立，江村日易斜。雁寒猶憶侣，人病更離家。短鬢堪成雪，雙眸舊有花。何須萬里外，即此是天涯。

皮日休

字襲美，襄陽人。隱居鹿門，自號『閒氣布衣』。咸通中第進士，爲著作郎。嘗流寓於吴，乾符亂，出關，爲巢賊所害。日休子光業，辨巢賊時，父依吴越王，無遇害事。陸游采入筆記中。

遊棲霞寺

不見明居士，空山但寂寥。白蓮吟次缺，青靄坐來銷。泉冷無三伏，松圍有六朝。何時石上月，相對論逍遥。

今棲霞之松成圍者幾十株，三人始能圍者九株，今上賜名『九株松』，有御製詩勒石。

張　喬

喬，池州人。咸通中，與許棠、鄭谷、張蠙諸人同號『十哲』。黄巢之亂，隱九華以終。

送友人許棠

離鄉積歲年，歸路遠依然。夜火山頭市，春江樹杪船。干戈愁鬢改，瘴癘喜家全。何處營甘旨，波濤浸薄田。

許棠

字文化，涇縣人。久困名場，李頻主解試，首薦之，始得登第，官江寧丞。

登渭南縣樓

近甸名偏著，登城景又寬。半空分太華，極目是長安。雪助河流漲，人耕燒色殘。閒來時甚少，欲下重憑欄。

高瞻闊步，可惜結法稍弱。

寄盩厔薛能少府

滿縣唯雲水，何曾似近畿。曉庭禽集慣，寒署吏衙稀。冰色封深澗，樵聲出翠微。時聞迎隱者，依舊著山衣。

野步

閒賞步易遠，野吟聲自高。路無人到迹，林有鶴遺毛。物外趣多別，塵中心枉勞。沿溪收墮果，坐石喚飢猱。

李咸用

唐末人，未詳字與里居。舉進士不第，應辟爲推官，有《披沙集》六卷。

訪友人不遇

出門無至友，動即到君家。空掩一庭竹，去看何寺花。短僮應捧杖，稚女學擎茶。吟罷留題處，苔階日影斜。

推官有『危城三面水，古樹一邊春』，及『春雨有五色，灑來花旋成』，傳爲名句。

聞泉

淅淅夢初驚，幽窗枕簟清。更無人共聽，衹有月空明。急想穿巖曲，低應過石平。欲將琴强寫，不是自然聲。

五、六傳『聞』字之神。

秋日訪同人

忽憶同心友，携琴去自由。遠尋寒澗碧，深入亂山秋。見後却無語，别來長獨愁。幸逢三五夕，露坐對冥搜。

崔　塗

字禮山，未詳里居，光啓中進士。

除夜有感

迢遞三巴路，羈危萬里身。亂山殘雪夜，孤燭異鄉人。漸與骨肉遠，轉於童僕親。那堪正飄泊，明日歲華新。

頷聯名俊，孤客親童僕，何許簡貴！衍作十字，便不及前人。

李昌符

字巖夢，與張喬、許棠輩齊名。咸通四年進士，歷膳部員外郎。

旅遊傷春

酒醒鄉關遠，迢迢聽漏終。曙分林影外，春盡雨聲中。鳥倦江村路，花殘野岸風。十年成底事，羸馬厭西東。

晚秋歸故居

馬省曾行處，連嘶渡晚河。忽驚鄉樹出，漸識路人多。細徑穿禾黍，頹垣壓薜蘿。乍歸猶似客，鄰叟亦相過。

情景俱真。結意即杜老『鄰人滿墻頭，感歎亦歔欷』意。

塞上行

朔野烟塵起，天軍又舉戈。陰風向晚急，殺氣入秋多。樹盡禽棲草，冰堅路在河。汾陽無繼者，羌部肯相和。

鄭谷

字守愚，袁州人。光啓二年擢第，乾寧中爲都官郎中。谷詩名盛於唐末，人都傳諷號爲『鄭都官』，而弗名也。

亂後途中憶張喬

天末去程孤，沿淮復向吴。亂離知又甚，安穩到家無。樹盡雲垂野，檣稀月滿湖。傷心遶村路，應少舊耕夫。

杜荀鶴

字彦之，池州人。大順中進士，後授翰林學士，知制誥，序已文爲《唐風集》。

春宫怨

早被嬋娟誤，恃貌而誤。欲妝臨鏡慵。承恩不在貌，教妾若爲容。不得已而隨俗。風暖鳥聲碎，日高花影重。年年越溪女，相憶采芙蓉。

迴憶盛年，以自傷也，須曲體此意。

送人遊吴

君到姑蘇見，人家盡枕河。古宫閒地少，水港小橋多。寫吴中如畫。夜市賣菱藕，春船載綺羅。遥知未眠月，鄉思在漁歌。

送人宰吴縣

海漲兵荒後，爲官合動情。字人無異術，至論不如清。千古不易。草履隨船賣，綾梭隔岸鳴。惟持古人意，千里贈君行。

羅隱

羅隱字昭諫，新登人。十上不中第，投錢鏐，累官至鹽鐵發運副使，奏授司勳郎。朱梁以諫議大夫召，不行，年七十七終。

南唐李氏嘗遣使聘越，越人問：『見羅給事否？』使人云：『不識，亦不聞名。』越人云：『四海聞羅，江東何拙之甚！』答云：『爲金榜無名，所以不知。』

寄陸龜蒙

龍樓李丞相，昔歲仰高文。黄閣尋無主，青山竟未聞。夜船乘海月，秋寺伴江雲。却恐塵埃裏，浮名點污君。

時李相公蔚嘗徵其詩，而未能用，故寄此詩。

劉綺莊

未詳，從詩話中采之。

揚州送人

桂檝木蘭舟，楓江竹箭流。故人從此去，望遠不勝愁。落日低帆影，迴風引棹謳。思君折楊柳，淚盡武昌樓。

韋莊

字端己，杜陵人。乾寧中進士，授校書郎。後依王建，建即僞位，拜散騎常侍，進吏部侍郎平章事，卒。

延興門外作

芳草五陵道，美人金犢車。綠奔穿内水，紅落過墻花。馬足倦遊客，鳥聲歡酒家。王孫歸去晚，宫樹欲棲鴉。

婺州和陸諫議將赴闕懷陽羨山居

望闕路仍遠，子牟魂欲飛。道開燒藥鼎，僧寄卧雲衣。故國饒芳草，他山挂夕暉。東陽雖勝地，王粲奈思歸。

李　洞

字才江，唐諸王孫。昭宗時不第，遊蜀。爲詩追慕賈島，人病其僻澀，惟吴融亟稱之。

送雲卿上人遊安南

春往海南邊，秋聞半路蟬。鯨吞洗鉢水，犀觸點燈船。島嶼分諸國，星河共一天。長安却回日，松偃舊房前。

王貞白

字有道，永豐人。乾寧中進士，官校書郎。

題嚴陵釣臺

山色四時碧，溪光七里清。嚴陵愛此景，下視漢公卿。垂釣月初上，放歌風正輕。應憐渭濱叟，匡國祇論兵。

正以不著斷語爲高，筆力亦復道勁。

御溝水

一派御溝水，綠槐相蔭清。此中涵帝澤，無處濯塵纓。鳥道來雖險，龍池到自平。朝宗心本切，願向急流傾。

三語初作『此波』，以示貫休，休曰：『甚好，只是剩一字。』貞白去，休曰：『此公思敏。』書一『中』字於掌，頃，貞白回，曰：『已改「此中」。』休以掌示之，相視而笑。

秋日旅懷寄右省鄭拾遺

永夕愁不寐，草蟲喧客庭。半窗分曉月，當枕落殘星。鬢髮遊梁白，家山近越青。知音在諫省，苦調有誰聽。

張　蠙字象文，清河人。乾寧中進士，王建開國，拜員外郎。後王衍見其『墻頭細雨垂纖草，水面風回聚落花』句，命進詩稿，欲召爲知制誥。宋光嗣以輕傲止之，賜金而已。

登單于臺

邊兵春盡迴，獨上單于臺。白日地中出，黄河天上來。沙翻痕似浪，風急響疑雷。欲向陰關度，陰關曉不開。

周　繇未詳。

海望

蒼茫空汎日，四顧絶人烟。半浸中華岸，傍通異域船。島間知有國，波外恐無天。欲作乘槎客，翻然去隔年。

友人費滋衡咏海詩十章，投之於海，魚龍騰躍，似迎此詩者。然人以才大目之，余謂咏海何難萬言？惟簡而該爲貴也。讀「島間知有國，波外恐無天」，爽然自失矣。

崔道融道融，荆州人。以徵辟爲永嘉令，累官右補闕。

梅花

數萼初含雪，孤標畫本難。香中別有韵，清極不知寒。横笛和愁聽，斜枝倚病看。朔風如解意，容易莫摧殘。

宋若憲 以下女士。

若憲，貝州人。父廷芬，生五女，皆警慧，善屬文。德宗召入，呼『女學士』。若憲，第四女也。

催妝詩

雲安公主貴，出嫁五侯家。天母親調粉，日兄憐賜花。催鋪百子帳，待障七香車。借問妝成未，東方欲曉霞。

薛　瑗 濠梁南楚材妻。

寫真寄外

欲下丹青筆，先拈寶鏡寒。已驚顏索莫，漸覺鬢凋殘。淚眼描將易，愁腸寫出難。恐君渾忘却，時展畫圖看。

楚材旅遊，受潁牧之眷，欲妻以女，無返舊意。瑗對鏡寫真，并詩寄之，楚材自慚，還與偕老。

李　冶

字季蘭，女冠也。高仲武云：『士有百行，女有四德。季蘭則不然，形器既雄，詩亦豪蕩。』如『遠水浮仙棹，寒星伴使車』，此五言之佳境也。

寄校書七兄

無事烏程縣，蹉跎歲月餘。不知芸閣吏，寂寞竟何如。遠水浮仙棹，寒星伴使車。因過大雷澤，莫忘幾行書。

不求深邃，自足雅音。

送韓揆之西江

相看指楊柳，别恨轉依依。萬里西江水，孤舟何處歸。湓城潮不到，夏口信應稀。唯有衡陽雁，年年來去飛。

元淳 洛中人，女冠。

寄洛中諸妹

舊國經年别，關河萬里思。題書憑雁翼，望月想蛾眉。白髮愁偏覺，歸心夢獨知。誰堪離亂處，掩涙向南枝。

釋皎然 以下釋氏。皎然，姓謝氏，字清晝，吴興人，靈運十世孫。居杼山，顔魯公爲刺史，集文士撰《韵海》，皎然預其論著。貞元中，取其集藏之，于頔爲序。

送劉司法之越州

蕭蕭鳴夜角，驅馬背城濠。雨後寒流急，秋來朔吹高。三山期望海，八月欲觀濤。幾日西陵路，應逢謝法曹。

啼猿送客

萬里巴江外，三聲月峽深。何年有此路，幾客共沾襟。斷壁分垂影，流泉入苦吟。淒淒別離後，聞此更傷心。

尋陸鴻漸不遇

移家雖帶郭，野徑入桑麻。近種籬邊菊，秋來未著花。扣門無犬吠，欲去問西家。報道山中去，歸來每日斜。

通首散語，存此以識標格。

處默未詳。

聖果寺即今之吴山，寺院比密，而聖果寺不存矣。江之東蕭山一帶皆是。

路自中峰上，盤回出薜蘿。到江吴地盡，隔岸越山多。古木叢青靄，遥天浸白波。下方城郭近，鐘磬雜笙歌。

齊己 姓胡，襄州人，名得生。

早梅

萬木凍欲折，孤根暖獨回。前村深雪裏，昨夜一枝開。風遞幽香出，禽窺素艷來。明年如應律，先發望春臺。

原本「昨夜數枝開」，許丁卯改一字，即所謂「一字師」也。三、四格勝；五、六只是凡語。

劍客

拔劍遶殘尊，歌終便出門。西風滿天雪，何處報人恩。勇死尋常事，輕讐不足論。翻嫌易水上，細碎動離魂。

豪爽，何嘗是僧詩！

秋夜聽業上人彈琴

萬物都寂寂，堪聞彈正聲。人心盡如此，天下自和平。太和元氣，從來咏琴詩，俱未寫到。

湘水瀉寒碧，古風吹太清。往年廬岳奏，今夕更分明。

淵灝之氣應在李頎、常建之間。

寄方干處士鑒湖舊居

賀監舊山川，空來近百年。聞君與琴鶴，終日在漁船。方處士呼之欲出。島路深秋石，湖燈半夜天。雲門幾回去，題徧好林泉。

景 雲未詳。

谿叟

谿翁居處静，谿鳥入門飛。早起釣魚去，夜深乘月歸。露香菰米熟，烟暖荇絲肥。瀟灑塵埃外，扁舟一草衣。

重訂唐詩别裁集卷十三

長洲沈德潛歸愚選

七言律詩

沈佺期

龍池篇《新書·禮樂志》：帝賜第隆慶坊，坊南地變爲池，即位後作《龍池樂》，姚崇、佺期等共作樂章十章。此係第三章。

龍池躍龍龍已飛，龍德先天天不違。池開天漢分黄道，龍向天門入紫微。邸第樓臺多氣色，君王鳧雁有光輝。爲報寰中百川水，來朝此地莫東歸。

經語入詩，體格亦復超拔。一結有萬國來朝之意。

古意樂府作《獨不見》。

盧家少婦鬱金香，海燕雙棲玳瑁梁。九月寒砧催木葉，十年征戍憶遼陽。白狼河北音書斷，丹鳳城南秋夜長。長安。誰爲含愁獨不見，更教明月照流黄。塞外。

以盧家少婦起興，言夫婦相守，猶雕梁之燕也。下就分離言。

樂府「盧家蘭室桂爲梁，中有鬱金蘇合香」，應是鬱金香，别本作「堂」者非。

奉和立春遊苑迎春初唐七律，事多而寡用之，情多而簡出之，特每篇結句不無淺率之弊，爲風氣所囿耳。後人一概抹煞，如何平允？

東郊暫轉迎春仗，上苑初飛行慶杯。風射蛟冰千片斷，氣衝魚鑰九關開。林中覓草纔生蕙，殿裏争花併是梅。歌吹銜恩歸路晚，棲烏半下鳳城來。

興慶池侍宴應制即龍池，此侍宴泛舟而作。

碧水澄潭映遠空，紫雲香氣御微風。漢家城闕疑天上，秦地山川似鏡中。向浦迴舟萍已緑，分林蔽殿槿初紅。古來徒羨横汾賞，今日宸遊聖藻雄。即漢武《秋風辭》。

奉和春初幸太平公主南莊應制公主，武后所生，后愛之過於諸女。睿宗即位，主權震天下，玄宗立，主以謀逆賜死。

主家山第早春歸，御輦春遊繞翠微。買地鋪金曾作埒，尋河取石舊支機。雲間樹色千花滿，竹裏泉聲百道飛。自有神仙鳴鳳曲，併將歌舞報恩暉。

遥同杜員外審言過嶺

天長地闊嶺頭分，去國離家見白雲。洛浦風光何所似，崇山瘴癘不堪聞。南浮漲海人何處，北望衡陽雁幾群。兩地江山萬餘里，何時重謁聖明君。

佺期流驩州，審言流峰州，南北分飛，同時過嶺而作。『聖明君』似俚，然劉禎有『將須聖明君』句。

再入道場紀事應制

南方歸去再生天，内殿今年異昔年。見闢乾坤新定位，看題日月更高懸。行隨香輦登仙路，坐近鑪烟講法筵。自喜恩深陪侍從，兩朝長在聖人前。

雲卿于流竄後召入，故云。應是中宗初復位時。

杜審言

春日京中有懷

今年遊寓獨遊秦，愁思看春不當春。上林苑裏花徒發，細柳營前葉漫新。公子南橋應盡興，將軍西地〔一〕幾留賓。寄語洛城風日道，明年春色倍還人。

造語新異，以後人熟誦不覺耳。

明年春色恐未還人，奈何！

李嶠

奉和初春幸太平公主南莊應制

主家山第接雲開，天子春遊動地來。羽騎參差花外轉，霓旌摇曳日邊迴。還將石溜調琴曲，

〔一〕西地，應爲『西第』，刊刻之誤。

更取峰霞入酒杯。鸞輅已辭烏鵲渚，以織女比公主。簫聲猶繞鳳凰臺。初唐每多對結。

宗楚客

奉和幸安樂公主山莊應制公主，亦武后女。

玉樓銀榜枕嚴城，翠蓋紅旂列禁營。日映層巖圖畫色，風摇雜樹管絃聲。水邊重閣含飛動，雲裏孤峰類削成。幸睹八龍遊閬苑，無勞萬里訪蓬瀛。

八句皆對，能以覽實勝人。

宋之問

嵩山石淙侍宴應制此武后遊幸石淙而作也。上有御詩，下多諸臣和作。狄人傑、宋璟、張昌宗、易之並列。今碑尚留嵩山。

離宫秘苑勝瀛洲，别有仙人洞壑幽。巖邊樹色含風冷，石上泉聲帶雨秋。鳥向歌筵來度曲，雲依帳殿結爲樓。微臣昔忝方明御，今日還陪八駿遊。

蘇頲

奉和春日幸望春宫應制

東望望春春可憐，更逢晴日柳含烟。宫中下見南山盡，城上平臨北斗懸。細草偏承迴輦處，飛花故落舞觴前。宸遊對此歡無極，鳥弄歌聲雜管絃。寫高峻意，語特渾成。

興慶池侍宴應制

降鶴池前迴步輦，棲鸞樹杪出行宫。山光積翠遥疑逼，水態含青近若空。直視天河垂象外，俯窺京室畫圖中。皇歡未使恩波極，日暮樓船更起風。因泛舟侍宴，故有末句。

扈從鄠杜間奉呈刑部尚書舅崔黄門馬常侍

翠輦紅旗出帝京，長楊鄠杜昔知名。雲山一一看皆美，竹樹蕭蕭畫不成。清疏。羽騎將過持袂拂，香車欲度捲簾行。漢家曾草《巡遊賦》，何似今來應聖明。

李邕

字太和，揚州人，善之子。李嶠薦拜左拾遺，玄宗時爲御史中丞，出爲北海太守。李林甫忌其名傳，以罪遣御史杖殺之。

邕長碑頌文，尤工八法，中朝衣冠，及天下寺觀多求其文，至今有流傳者。

奉和初春幸太平公主南莊應制

傳聞銀漢支機石，復見金輿出紫微。織女橋邊烏鵲起，仙人樓上鳳凰飛。流風入座飄歌扇，瀑水當階濺舞衣。今日還同犯牛斗，乘槎共泛海潮歸。以己扈從言應，起句非複也。

初唐應制多諛美之詞，況當武后、中宗朝。又天下穢濁時也！衆手雷同，初無頌不忘規之意，故不能多録。取鐵中錚錚者幾章，以備一體。

張說

灉湖山寺

空山寂歷道心生，虛谷迢遥野鳥聲。禪室從來雲外賞，香臺豈是世中情。雲間東嶺千重出，樹裏南湖一片明。若使巢由同此意，不將蘿薜易簪纓。

巢由，當指終南捷徑一輩人，不然豈有輕視天下者而不能忘情于簪纓耶？諸家解説未穩。

賈曾

曾，洛陽人。景雲中，爲員外郎，開元中，徙諫議大夫。坐事貶，復遷禮部侍郎。

奉和春日出苑矚目應令

秦法，太子稱令。

銅龍曉闢問安迴，金輅春遊博望開。太子苑名。渭水晴光摇草樹，終南佳氣入樓臺。招賢已從商山老，託乘還徵鄴下才。臣在東周獨留滯，忻逢睿藻日邊來。

題本出苑，而起句先説問安，發端正大。

崔顥

黄鶴樓在武昌。

昔人已乘黄鶴去，此地空餘黄鶴樓。黄鶴一去不復返，白雲千載空悠悠。晴川歷歷漢陽樹，芳草萋萋鸚鵡洲。日暮鄉關何處是，烟波江上使人愁。末因憑弔而懷鄉也。

意得象先，神行語外，縱筆寫去，遂擅千古之奇。

行經華陰因華山在前，故縣名華陰。

岧嶢太華俯咸京，天外三峰削不成。太華三峰如削，今反云削不成，妙！武帝祠前雲欲散，仙人掌上雨初晴。河山北枕秦關險，驛路西連漢畤平。借問路傍名利客，何如此處學長生。

三峰，謂芙蓉、明星、玉女。

漢五帝畤在岐州雍縣南。畤，神靈所止也。

張諤

諤，景龍進士第。岐王範好士，與閻朝隱、劉廷琦、鄭繇等飲酒賦詩，駙馬都尉裴虚己善讖緯，坐私與範遊，徙嶺南，廷琦貶司户，諤山莊丞，然明皇於範無聞也。

九日

秋天林下不知春，一種佳遊事也均。絳葉從朝飛著夜，黄花開日未成旬。將横陌樹頻驚馬，半醉歸途數問人。城遠登高併九日，茱萸凡作幾年新。

祖詠

望薊門

燕臺一去客心驚，笳鼓喧喧漢將營。萬里寒光生積雪，三邊曙色動危旌。沙場烽火侵胡月，海畔雲山擁薊城。少小雖非投筆吏，論功還欲請長纓。

崔曙

九日登望仙臺呈劉明府

《神仙傳》：河上公授漢文《老子》而去，所在，帝於西山築臺望之。

漢文皇帝有高臺，此日登臨曙色開。聳拔。三晉雲山皆北向，二陵風雨自東來。關門令尹誰能識，河上仙翁去不回。且欲近尋彭澤宰，陶然共醉菊花杯。

一氣轉合，就題有法。

李憕

憕，太原人。以明經舉，開元中爲監察御史，天寶中累官禮部尚書。禄山亂，遇害，謚忠懿。

奉和聖製從蓬萊向興慶閣道中留春雨中春望之作應制

別館春還淑氣催，三宫路轉鳳凰臺。雲飛北闕輕陰散，雨歇南山積翠來。御柳遥隨天仗發，林花不待曉風開。已知聖澤深無限，更喜年芳入睿才。

首句蓬萊，次句向興慶，三、四雨中，五、六春望，結美御製。

王維

奉和聖製從蓬萊向興慶閣道中留春雨中春望之作應制

渭水自縈秦塞曲，黄山舊繞漢宫斜。鑾輿迥出千門柳，閣道迴看上苑花。雲裏帝城雙鳳闕，雨中春樹萬人家。詩中有畫。爲乘陽氣行時令，不是宸遊玩物華。結意寓規于頌，臣子立言方爲得體。

應制詩應以此篇爲第一。

敕賜百官櫻桃

芙蓉闕下會千官，紫禁朱櫻出上蘭。纔是寢園春薦後，非關御苑鳥銜殘。歸鞍競帶青絲籠，先賜者。中使頻傾赤玉盤。後賜者。飽食不須愁内熱，大官還有蔗漿寒。

起句敕賜之由，三、四見敬禮臣，下結見君恩無已。詞氣雍和，淺深合度，與少陵《野人送櫻桃》詩均爲三唐絶唱。

《三輔黄圖》：上林有上蘭觀，作『上闌』者非。

敕借岐王九成宫避暑應教

帝子遠辭丹鳳闕，天書遥借翠微宫。隔窗雲霧生衣上，卷幔山泉入鏡中。林下水聲喧語笑，巖間樹色隱房櫳。仙家未必能勝此，何事吹簫向碧空。

和賈至舍人早朝大明宫之作

絳幘雞人報曉籌，尚衣方進翠雲裘。九天閶闔開宫殿，萬國衣冠拜冕旒。日色纔臨仙掌動，香烟欲傍衮龍浮。朝罷須裁五色詔，佩聲歸到鳳池頭。

早朝倡和詩，右丞正大，嘉州明秀，有魯衛之目；賈作平平，杜作無朝之正位，不存可也。

和太常韋主簿五郎温泉寓目

漢主離宫接露臺，秦川一半夕陽開。青山盡是朱旗繞，碧澗翻從玉殿來。新豐樹裏行人度，小苑城邊獵騎回。聞道甘泉能獻賦，懸知獨有子雲才。

出塞作

居延城外獵天驕，白草連天野火燒。暮雲空磧時驅馬，項『獵天驕』言。秋日平原好射雕。護羌校尉朝乘障，破虜將軍夜度遼。玉靶角弓珠勒馬，漢家將賜霍嫖姚。

上言疆場有警，下言命將出師，一結得『彤弓弨兮，受言藏之』意。

二『馬』字押脚，亦是一病。

酬郭給事

洞門高閣靄餘暉，桃李陰陰柳絮飛。禁裏疏鐘官舍晚，省中啼鳥吏人稀。晨摇玉佩趨金殿，夕奉天書拜瑣闈。强欲從君無那老，將因卧病解朝衣。

積雨輞川莊作

積雨空林烟火遲，蒸藜炊黍餉東菑。漠漠水田飛白鷺，狀水田之廣。陰陰夏木囀黄鸝。狀夏木之深。山中習静觀朝槿，松下清齋折露葵。野老與人争席罷，海鷗何事更相疑。

俗説謂『水田飛白鷺』『夏木囀黄鸝』乃李嘉祐句，右丞襲用之，不知本句之妙全在『漠漠』『陰陰』，去上二字，乃死句也。况王在李前，安得云王襲李耶？

送楊少府貶郴

明到衡山與洞庭，明，謂明日。若爲秋月聽猿聲。愁看北渚三湘遠，惡説南風五兩輕。候風羽。青草瘴時過夏口，白頭浪裏出湓城。長沙不久留才子，賈誼何須弔屈平。

不能北歸，反惡南風，語妙意曲。

送方尊師歸嵩山

仙官欲住九龍潭，毛節朱幡倚石龕。山壓天中半天上，洞穿江底出江南。奇境，非此奇句不能寫出。瀑布杉松常帶雨，夕陽彩翠忽成嵐。借問迎來雙白鶴，已曾衡岳送蘇耽。

春日與裴迪過新昌里訪吕逸人不遇

桃源一向絶風塵，柳市南頭訪隱淪。到門不敢題凡鳥，看竹何須問主人。城上青山如屋裏，東家流水入西鄰。閉户著書多歲月，種松皆作老龍鱗。

孟浩然

登安陽城樓 城在漢中府漢陰縣。

縣城南面漢江流，江漲開成南雍州。才子乘春來騁望，群公暇日坐銷憂。樓臺晚映青山郭，羅綺晴驕緑水洲。向夕波摇明月動，更疑神女弄珠遊。

李頎

東川七律故難與少陵、右丞比肩，然自是安和正聲。自明代嘉隆諸子，奉爲圭臬。又不善學之，只存膚面，宜招毛秋晴太史之譏也。然譏諸子而痛掃東川，毋乃因噎而廢食乎？

送魏萬之京

朝聞遊子唱離歌，昨夜微霜初度河。度河，以人言。鴻雁不堪愁裏聽，雲山況是客中過。關城曙色催寒近，御苑砧聲向晚多。莫是長安行樂處，空令歲月易蹉跎。

結意勉以立功，若曰勿以長安爲行樂之地而蹉跎無成也。

送司勳盧員外

流澌臘月下河陽，草色新年發建章。秦地立春傳太史，漢宫題柱憶仙郎。歸鴻欲度千門雪，侍女新添五夜香。早晚薦雄文似者，故人今已賦長楊。望人薦引，却能自占身分。

《三輔録》：田鳳爲尚書郎，入奏事，靈帝目送之，因題柱曰：『堂堂乎張，京兆田郎。』

《漢官儀》：尚書郎入直，女侍史挈被服、持香鑪，隨入臺中。

題璿公山池

遠公遁迹廬山岑，開士幽居祇樹林。片石孤雲窺色相，清池皓月照禪心。指揮如意天花落，坐卧閒房春草深。此外俗塵都不染，惟餘元度許詢字。得相尋。

寄綦毋三名潛。

新加大邑綬仍黄，近與單車向洛陽。顧盼一過丞相府，風流三接令公香。南川粳稻花侵縣，西嶺雲霞色滿堂。共道進賢蒙上賞，看君幾歲作臺郎。

送李回

知君官屬大司農，詔幸驪山職事雄。歲發金錢供御府，晝看仙液注離宫。千巖曙雪旌門上，十月寒花輦路中。不睹聲名與文物，自傷留滯去關東。

四語「仙液」謂湯池。

宿瑩公禪房聞梵

花宫仙梵遠微微，月隱高城鐘漏稀。夜動霜林驚落葉，曉聞天籟發清機。蕭條已入寒空静，颯沓仍隨秋雨飛。二語正寫梵音。始覺浮生無住著，頓令心地欲皈依。

題盧五舊居

物在人亡無見期，閒庭繫馬不勝悲。窗前緑竹生空地，門外青山似舊時。悵望秋天鳴墜葉，巑岏枯柳宿寒鴟。憶君淚落東流水，歲歲花開知是誰。

高　適

送前衛縣李寀少府

黄鳥翩翩楊柳垂，春風送客使人悲。怨別自驚千里外，論交却憶十年時。雲開汶水孤帆遠，少府之行。路繞梁山疋馬遲。自己之歸。此地從來可乘興，留君不住益淒其。

情不深而自遠，景不麗而自佳，韵使之也。

送李少府貶峽中、王少府貶長沙

嗟君此別意何如，駐馬銜杯問謫居。巫峽啼猿數行淚，峽中。衡陽歸雁幾封書。長沙。青楓江上秋天遠，長沙。白帝城邊古木疏。峽中。聖代即今多雨露，暫時分手莫躊躇。

連用四地名，究非律詩所宜。五、六渾言之，斯善矣。

夜別韋司士得城字。

高館張燈酒復清，夜鐘殘月雁歸聲。只言啼鳥堪求侶，無那春風欲送行。黄河曲裏沙爲岸，白馬津邊柳向城。莫怨他鄉暫離別，知君到處有逢迎。

以上皆近酬應詩，因神韻使人不覺，知近體貴神韻也。

岑參

和賈至舍人早朝大明宫之作

雞鳴紫陌曙光寒，鶯囀皇州春色闌。金闕曉鐘開萬户，玉階仙仗擁千官。花迎劍佩星初落，柳拂旌旗露未乾。獨有鳳凰池上客，陽春一曲和皆難。

和祠部王員外雪後早朝即事

長安雪後似春歸，積素凝華連曙輝。色借玉珂迷曉騎，光添銀燭晃朝衣。西山落月臨天仗，作比似看。北闕晴雲捧禁闈。聞道仙郎歌白雪，關合。由來此曲和人稀。

奉和杜相公發益州《唐書》：崔旰殺郭英乂，據成都，上命宰相杜鴻漸鎮撫之。

相國臨戎別帝京，擁旄持節遠横行。朝登劍閣雲隨馬，夜度巴江雨洗兵。山花萬朵迎征蓋，川柳千條拂去旌。暫到蜀城應計日，計日定亂，望其歸也。須知明主待持衡。

九日使君席奉餞衛中丞赴長水

節使横行西出師，鳴弓擐甲羽林兒。臺上霜威凌草木，軍中殺氣傍旌旗。預知漢將宣威日，正是胡塵欲滅時。爲報使君多汎菊，汎菊以壯行色，補九日意。更將絃管醉東籬。

首春渭西郊行呈藍田張二主簿

回風度雨渭城西，細草新花踏作泥。秦女峰頭雪未盡，胡公陂上日初低。愁窺白髮羞微禄，悔別青山憶舊溪。聞道輞川多勝事，玉壺春酒正堪携。主簿應居輞川，故欲携酒往遊。

暮春虢州東亭送李司馬歸扶風別廬

柳嚲鶯嬌花復殷，紅亭緑酒送君還。到來函谷愁中月，歸去磻溪夢裏山。夢裏山，言客中所夢之山，今始得歸也。簾前春色應須惜，世上浮名好是閒。西望鄉關腸欲斷，對君衫袖淚痕斑。司馬歸而已爲客，是以望鄉垂涕也。

萬　楚 楚開元中進士，字與里居未詳。

驄馬

金絡青驄白玉鞍，長鞭紫陌野遊盤。朝驅東道塵恒滅，暮到河源日未闌。汗血每隨邊地苦，蹄傷不憚隴陰寒。君能一飲長城窟，爲盡天山行路難。

幾可追步老杜《咏馬詩》。諸家舍此，只取《五日觀妓》，謂末句『却令今日死君家』與『綵絲續命』鬬合，巧則巧矣，詎非《風雅》之僭耶！

張　謂 字正言，河南人。天寶二年進士，大曆中官至禮部侍郎，典貢舉。

别韋郎中 應是己適楚、韋適蜀，故中二聯分寫，三、四寫情，五、六寫景，不嫌其複。

星軺計日赴岷峩，雲樹連天阻笑歌。南入洞庭隨雁去，楚。西過巫峽聽猿多。蜀。崢嶸洲上飛黄葉，楚。灩澦堆邊起白波。蜀。不醉郎中桑落酒，教人無奈别離何。原本『飛黄葉』，别本作『黄蝶』，誤。

杜侍御送貢物戲贈

銅柱珠崖道路難，伏波横海舊登壇。越人自貢珊瑚樹，漢使何勞獬豸冠。疲馬山中愁日晚，孤舟江上畏春寒。由來此貨稱難得，多恐君王不忍看。旅驁不寶遠物之意。亦嚴亦婉，諷侍御兼以諷君。

春園家宴

南園春色正相宜，大婦同行小婦隨。竹裏登樓人不見，花間覓路鳥先知。櫻桃解結垂簷子，楊柳能低入户枝。山簡醉來歌一曲，參差笑殺郢中兒。

李白

登金陵鳳凰臺

鳳凰臺上鳳凰遊，鳳去臺空江自流。吴宫花草埋幽徑，晋代衣冠成古丘。三山半落青天外，二水中分白鷺洲。總爲浮雲能蔽日，長安不見使人愁。三山二水可見，而長安不見，爲浮雲蔽也。有憂讒畏譏意。

從心所造，偶然相似。必謂摹倣司勳，恐屬未然。

江寧北十二里有三山相接，城西南有白鷺洲。

自方山合流，至建康分爲二支，中夾一洲，名白鷺。

送賀監歸四明應制 四明山，在寧波府南百五十里，上有石窗，通日月星辰，故曰四明。

久辭榮禄遂初衣，曾向長生説息機。真訣自從茆氏得，恩波應許洞庭歸。瑶臺含霧星辰滿，仙嶠浮空島嶼微。借問欲栖珠樹鶴，何年却向帝城飛。望其復來帝城，借説便不入套。

別中都兄明府

吾兄詩酒繼陶君，試宰中都天下聞。東樓喜奉連枝會，南陌愁爲落葉分。城隅緑水明秋日，海上青山隔暮雲。取醉不辭留夜月，雁行中斷惜離群。

鸚鵡洲 黄祖殺禰衡，葬於江中之洲，因衡賦鸚鵡，故洲以是名。

鸚鵡來過吴江水，江上洲傳鸚鵡名。鸚鵡西飛隴山去，芳洲之樹何青青。烟開蘭葉香風暖，岸夾桃花錦浪生。遷客此時徒極目，長洲孤月向誰明。

以古筆爲律詩，盛唐人每有之。大曆後，此調不復彈矣！

杜　甫

杜七言律有不可及者四：學之博也，才之大也，氣之盛也，格之變也。五色藻績，八音和鳴，後人如何彷佛！

王摩詰七言律風格最高，復饒遠韵，爲唐代正宗。然遇杜《秋興》《諸將》《咏懷》《古迹》等篇，恐瞠乎其後，以杜能包王，王不能包杜也。

中有疏宕一體，實爲宋元人濫觴。才大，自無所不可也，然學杜者不應從此種入。

凡名家詩有名句可采，如鄭鷓鴣、崔鴛鴦、趙倚樓之類是也。杜詩議論正、器局高，却無名句可采，所以彦恢高氏獨列爲大家。

題張氏隱居即張卿也。

春山無伴獨相求，伐木丁丁山更幽。澗道餘寒歷冰雪，石門斜日到林邱。不貪夜識金銀氣，遠害朝看麋鹿遊。乘興杳然迷出處，對君疑是泛虚舟。

『不貪』句言其識之清，『遠害』句言其識之曠，不必穿鑿。

城西陂泛舟城西陂，即渼陂。

青蛾皓齒在樓船，横笛短簫悲遠天。春風自信牙檣動，遲日徐看錦纜牽。魚吹細浪摇歌扇，燕蹴飛花落舞筵。不有小舟能盪槳〔一〕，百壺那送酒如泉。

九日藍田崔氏莊

老去悲秋强自寬，興來今日盡君歡。羞將短髮還吹帽，活用舊事。笑倩傍人爲正冠。藍水遠從千澗落，玉山高並兩峰寒。明年此會知誰健，醉把茱萸子細看。茱萸，酒名，言把酒而看藍水、五山，不忍遽去也。若云『看茱萸』，有何意味？

崔氏東山草堂東山，即藍田山。

愛汝玉山草堂静，高秋爽氣相鮮新。有時自發鐘磬響，落日更見漁樵人。盤剥白鴉谷口栗，飯煮青泥坊底芹。何爲西莊王給事，柴門空閉鎖松筠。

〔一〕 槳，應爲槳，刻寫之誤。

此以古爲律，謂之拗體，可偶一爲之。

芹韵在十二文，應是蓴字。王維輞川在藍田之西，故云西莊，似有諷之歸來意。

紫宸殿退朝口號隨口行吟曰口號。

户外昭容紫袖垂，女官也。雙瞻御座引朝儀。分行也。香飄合殿春風轉，花覆千官淑景移。晝漏稀聞高閣報，天顔有喜近臣知。宫中每出歸東省，會送夔龍集鳳池。

紫宸乃内殿，故所咏皆宫中之景，與大明宫自别。

曲江對雨

城上春雲覆苑墻，江亭晚色静年芳。林花著雨燕脂濕，水荇牽風翠帶長。龍武新軍深駐輦，芙蓉别殿謾焚香。何時詔此金錢會，暫醉佳人錦瑟傍。

前半寫雨景之寂静，後半懷南内之凄凉，不忘上皇也。末冀復見金錢之會，無限低徊。

上皇改龍武軍，從夾城達芙蓉園。今云『深駐輦』『謾焚香』，見不復檢閲臨幸也。

開元二年，宴百官於承天門，令左右撒金錢賜之，争拾。宴時，太常教坊樂具在，故曰『佳人』。

送鄭十八虔貶台州司户，傷其臨老陷賊之故，闕爲面别，情見於詩

鄭公樗散鬢成絲，酒後常稱老畫師。萬里傷心嚴譴日，百年垂死中興時。蒼黄已就長途往，邂逅無端出餞遲。便與先生應永訣，九重泉路盡交期。

屈曲赴題，清空一氣，與《聞官軍牧河南河北》同是一格。

至日遣興奉寄北省舊閣老兩院故人

憶昨逍遥供奉班，去年今日侍龍顔。麒麟不動爐烟上，孔雀徐開扇影還。玉几由來天北極，朱衣只在殿中間。孤城此日腸堪斷，愁對寒雲雪滿山。

此公出爲華州掾，故有此詩。

追憶去歲朝儀，而今不得與，惓惓有故主之思焉。

蜀相

丞相祠堂何處尋，錦官城外柏森森。映階碧草自春色，隔葉黄鸝空好音。三顧頻煩天下計，兩朝開濟老臣心。隱括武侯生平，激昂痛快。出師未捷身先死，長使英雄淚滿襟。宗忠簡臨終誦此二語。

開濟，言開基濟美，合兩朝言之。

野老

野老籬前江岸迴，柴門不正逐江開。漁人網集澄潭下，估客船隨返照來。長路關心悲劍閣，片雲何意傍琴臺。王師未報收東郡，城闕秋生畫角哀。

前寫晚景，後寫旅情，不必承接，杜詩中偶有此格。

送韓十四江東覲省

兵戈不見老萊衣，歎息人間萬事非。我已無家尋弟妹，君今何處訪庭闈。黄牛峽静灘聲轉，白馬江寒樹影稀。灘聲、樹影，寫離情鄉思，神致淋灕。此别應須各努力，故鄉猶恐未同歸。

前半言江東覲省，後半言蜀江送别。

野人送朱櫻

西蜀櫻桃也自紅，野人相贈滿筠籠。數迴細寫愁仍破，萬顆匀圓訝許同。憶昨賜霑門下省，退朝擎出大明宫。金盤玉筯無消息，此日嘗新任轉蓬。闔筆。

開筆。『也自紅』『愁仍破』『訝許同』，俱對賜櫻桃著筆。下半流走直下，格法獨創。

南鄰

錦里先生烏角巾，園收芋栗未全貧。慣看賓客兒童喜，得食階除鳥雀馴。秋水纔添四五尺，野航恰受兩三人。自然。白沙翠竹江村暮，相送柴門月色新。

前半言造南鄰之居，後半言同舟送別也。

和裴迪登蜀州東亭送客逢早梅相憶見寄

東閣官梅動詩興，還如何遜在揚州。此時對雪遥相憶，送客逢春可自由。幸不折來傷歲暮，若爲看去亂鄉愁。無限曲折。江邊一樹垂垂發，朝夕催人自白頭。

客至原注：喜崔明府相過。

舍南舍北皆春水，但見群鷗日日來。花徑不曾緣客掃，蓬門今始爲君開。盤飧市遠無兼味，樽酒家貧只舊醅。肯與鄰翁相對飲，隔籬呼取盡餘杯。

賓至

幽棲地僻經過少，老病人扶再拜難。豈有文章驚海内，漫勞車馬駐江干。自謙，實自任也。

竟日淹留佳客坐，百年粗糲腐儒餐。糲，音辣。不嫌野外無供給，乘興還來看藥欄。

恨别

洛城一别四千里，胡騎長驅五六年。草木變衰行劍外，兵戈阻絶老江邊。思家歲月清宵立，憶弟看雲白日眠。聞道河陽近乘勝，司徒急爲破幽燕。見公將略，與李泌建議，用司徒李光弼也。

若説如何思、如何憶，情事易盡。歲月、看雲，有不言神傷之妙。

秋盡

秋盡東行且未迴，茅齋寄在少城隈。籬邊老却陶潛菊，江上徒逢袁紹杯。以鄭康成自比。雪嶺獨看西日落，劍門猶阻北人來。不辭萬里長爲客，懷抱何時得好開。

野望

西山白雪三城戍，南浦清江萬里橋。海内風塵諸弟隔，天涯涕淚一身遥。惟將遲暮供多病，未有涓埃答聖朝。跨馬出郊時極目，不堪人事日蕭條。

前半思家，後半思國。

聞官軍收河南河北兩河俱收，安史之亂始熄。

劍外忽傳收薊北，初聞涕淚滿衣裳。却看妻子愁何在，漫卷詩書喜欲狂。白日放歌須縱酒，青春作伴好還鄉。即從巴峽穿巫峽，便下襄陽向洛陽。預計歸程，如《禹貢》曰『浮』、曰『逾』、曰『沿』、曰『達』句法。

一氣流注，不見句法、字法之迹。對結自是落句，故收得住。若他人爲之，仍是中間對偶，便無氣力。

登高

風急天高猿嘯哀，一句中三層。渚清沙白鳥飛迴。無邊落木蕭蕭下，不盡長江滾滾來。萬里悲秋常作客，亦一句三層。百年多病獨登臺。好在『無邊』『不盡』『萬里』『百年』。艱難苦恨繁霜鬢，潦倒新停濁酒杯。

八句皆對。起二句對舉之中，仍復用韵，格奇而變。昔人謂兩聯俱可截去二字，試思『落木蕭蕭下』『長江滾滾來』，成何語耶！

將赴荆南寄别李劍州

使君高義驅今古，與古並驅。寥落三年坐劍州。但見文翁能化俗，焉知李廣未封侯。路經灧澦雙蓬鬢，預道赴荆南之景。天入滄浪一釣舟。鍊句、鍊字。戎馬相逢更何日，春風迴首仲宣樓。切荆南。

將赴成都草堂，途中有作，先寄嚴鄭公五首

得歸茅屋赴成都，直爲文翁再剖符。但使閭閻還揖讓，敢論松菊久荒蕪。承再剖符，言但望風俗之還淳，而草堂之荒蕪可不論也。魚知丙穴由來美，酒憶郫筒不用酤。五馬舊曾諳小徑，幾回書札待潛夫。

處處清江帶白蘋，故園猶得見殘春。雪山斥堠無兵馬，錦里逢迎有主人。休怪兒童延俗客，不教鵝鴨惱比鄰。習池未覺風流盡，况復荆州賞更新。以山簡比鄭公。

竹寒沙碧浣花溪，橘刺藤梢咫尺迷。過客徑須愁出入，居人不自解東西。承『咫尺迷』。書籤藥裹封蛛網，野店山橋送馬蹄。公每下此等巧字，而不入於纖。肯藉荒庭春草色，先拚一飲醉如泥。

常苦沙崩損藥欄，也從江檻落風湍。新松恨不高千尺，惡竹應須斬萬竿。言外有扶君子、抑

小人意。生理秖憑黄閣老，衰顔欲付紫金丹。三年奔走空皮骨，信有人間行路難。

錦官城西生事微，烏皮几在還思歸。昔去爲憂亂兵入，今來已恐鄰人非。側身天地更懷古，回首風塵甘息機。共説總戎雲鳥陣，不妨遊子芰荷衣。對結。

五章通作一章看。

登樓

花近高樓傷客心，萬方多難此登臨。妙在倒裝，若一倒轉，與近人詩何異！錦江春色來天地，玉壘浮雲變古今。北極朝廷終不改，西山寇盜莫相侵。二語前人謂可抵一篇《王命論》。可憐後主還祠廟，日暮聊爲《梁甫吟》。望世有諸葛，其人何等抱負！

氣象雄偉，籠蓋宇宙，此杜詩之最上者。

錢箋謂代宗任程元振、魚朝恩，致蒙塵之禍，故以後主之任黄皓比之。

宿府

清秋幕府井梧寒，獨宿江城蠟炬殘。永夜角聲悲自語，中天月色好誰看。風塵荏苒音書絶，關塞蕭條行路難。已忍伶俜十年事，强移棲息一枝安。

閣夜此西閣夜中作。

歲暮陰陽催短景，天涯霜雪霽寒宵。五更鼓角聲悲壯，三峽星河影動摇。野哭千家聞戰伐，夷歌幾處起漁樵。卧龍躍馬終黄土，人事音書漫寂寥。

結言賢愚同盡，則目前人事，遠地音書，亦付之寂寥而已。《蜀都賦》云：『公孫躍馬而稱帝』，卧龍躍馬，因夔州祠廟而及之。

白帝城最高樓

城尖徑仄旌旆愁，獨立縹緲之飛樓。峽坼雲霾龍虎卧，江清日抱黿鼉遊。扶桑西枝對斷石，弱水東影隨長流。杖藜歎世者誰子，泣血迸空迴白頭。

就東言西。就西言東。句法古體，對法律體，兩者兼用之。

重訂唐詩別裁集卷十四

長洲沈德潛歸愚選

杜甫下

秋興八首潘岳有《秋興賦》，言因秋而感興，重在興，不在秋也。每章中時見秋意。

玉露凋傷楓樹林，巫山巫峽氣蕭森。江間波浪兼天湧，塞上風雲接地陰。叢菊兩開他日淚，猶往日。孤舟一繫故園心。樊川。寒衣處處催刀尺，白帝城高急暮砧。客子無衣之感。

首章乃八章發端也。『故園心』與四章『故國思』隱隱注射。

夔府孤城落日斜，每依北斗望京華。夔州暮景。聽猿實下三聲淚，奉使虛隨八月槎。孤舟長繫，有似乘槎。畫省香爐違伏枕，以京華言。山樓粉堞隱悲笳。以夔府言。請看石上藤蘿月，已映洲前蘆荻花。近言『石上』，遠言『洲前』，下句虛擬之也。

望京華，八章之旨，特於此章拈出，身羈夔府，心戀京華，望而不見，不能不爲之黯然也。

千家山郭静朝暉，日日江樓坐翠微。夔州朝景。信宿漁人還泛泛，清秋燕子故飛飛。二句喻己之漂泊。匡衡抗疏功名薄，劉向傳經心事違。二句慨己之不遇。同學少年多不賤，五陵衣馬自輕肥。

以上就夔府言，以下就長安言，上八詩分界處也。或謂末句『五陵』逗起長安，此又失之於纖矣。

聞道長安似弈棋，百年世事不勝悲。王侯第宅皆新主，文武衣冠異昔時。直北關山金鼓震，回紇。征西車馬羽書馳。吐蕃。魚龍寂寞秋江冷，點秋意。故國平居有所思。結本章，以起下四章。

前半指朝廷之變遷，後半指邊境之侵逼。北憂回紇，西患吐蕃。追維往事，不勝今昔之感。

蓬萊宫闕對南山，承露金莖霄漢間。西望瑶池降王母，東來紫氣滿函關。前對南山，西眺瑶池，東接函關。極言宫闕氣象之盛，無譏刺意。雲移雉尾開宫扇，日繞龍鱗識聖顔。指獻《三大禮賦》時事。一卧滄江驚歲晚，指夔府言。幾回青瑣點朝班。言立朝無幾日。

追思長安全盛時，宫闕壯麗、朝省尊嚴，而末歎己之久違朝寧也！

瞿唐峽口夔府。曲江頭，京華。萬里風烟接素秋。花萼夾城通御氣，芙蓉小苑入邊愁。珠簾繡柱圍黄鵠，錦纜牙檣起白鷗。迴首可憐歌舞地，秦中自古帝王州。見有德易以興、無德易以亡意。

此追叙長安失陷之由。城通御氣，指敦倫勤政時；苑入邊愁，即所云『漁陽鼙鼓動地來』。

上言治，下言亂也。下追叙遊幸之時，見盛衰無常，自古爲然，言外無窮，猛省。

昆明池水漢時功，武帝旌旗在眼中。織女機絲虚夜月，石鯨鱗甲動秋風。波漂菰米沈雲黑，露冷蓮房墜粉紅。關塞極天惟鳥道，江湖滿地一漁翁。對結。

借漢喻唐，極寫蒼凉景象。結意身阻鳥道，迹比漁翁，見還京無期也。

中間故實，點化《西京賦》及《西京雜記》中語意。

昆吾御宿自逶迤，紫閣峰陰入渼陂。香稻啄餘鸚鵡粒，碧梧棲老鳳凰枝。二語倒裝句法。佳人拾翠春相問，城西泛舟事。仙侣同舟晚更移。與岑參兄弟遊渼陂事。綵筆昔曾干氣象，白頭吟望苦低垂。

此章追叙交遊，一結，并收拾八章。所謂『故園心』、『望京華』者，一付之苦吟悵望而已。

曰巫峽、曰夔府、曰瞿唐、曰江樓、滄江、關塞，皆言身之所處；曰故國、故園、曰京華、長安、蓬萊、曲江、昆明、紫閣，皆言心之所思，此八詩中綫索也。

懷鄉戀闕，弔古傷今，杜老生平具見於此。其才氣之大、筆力之高，天風海濤、金鐘大鏞，莫能擬其所到。

詠懷古迹五首

支離東北風塵際，漂泊西南天地間。三峽樓臺淹日月，五溪衣服共雲山。羯胡事主終無賴，詞客哀時且未還。漂泊。庾信平生最蕭瑟，暮年詩賦動江關。

詠懷古迹，猶云借古迹以詠懷也。謂首章詠懷、下四章古迹者非。

此章以庾信自況，非專詠庾也。五、六語已，與庾信雙關。以上少陵自叙。

摇落深知宋玉悲，風流儒雅亦吾師。悵望千秋一灑淚，蕭條異代不同時。流水對。江山故宅空文藻，雲雨荒臺豈夢思。最是楚宫俱泯滅，舟人指點到今疑。

謂高唐之賦乃假托之詞，以諷淫惑，非真有夢也。

懷宋玉亦所以自傷，言斯人雖往，文藻猶存，不與楚宫同其泯滅，其寄慨深矣！

群山萬壑赴荆門，生長明妃尚有邨。一去紫臺連朔漠，獨留青冢向黄昏。畫圖省識春風面，環佩空歸夜月魂。猶略識。臨去一見，略識其面也。千載琵琶作胡語，分明怨恨曲中論。指弔明妃者。

詠昭君詩，此爲絶唱，餘皆平平。至楊憑「馬駝絃管向陰山」，風斯下矣！

蜀主窺吴幸三峽，崩年亦在永安宫。翠華想像空山裏，玉殿虚無野寺中。古廟杉松巢水鶴，歲時伏臘走村翁。武侯祠屋常鄰近，一體君臣祭祀同。

曰崩曰翠華，明以天子待之也。於魏武則曰英雄割據，益知以正統予蜀矣。考亭南軒以前，少陵已持此論，稱蜀主，因舊號也。

諸葛大名垂宇宙，宗臣遺像肅清高。三分割據紆籌策，萬古雲霄一羽毛。伯仲之間見伊呂，指揮若定失蕭曹。論斷。福移漢祚終難復，志決身殲軍務勞。所云『鞠躬盡瘁』。

雲霄、羽毛，猶鸞鳳高翔，狀其才品之不可及也。文中子謂：『諸葛武侯不死，禮樂其有興乎？』即失蕭曹之旨。此議論之最高者，後人謂詩不必著議論，非通言也。

諸將五首

漢朝陵墓對南山，胡虜千秋尚入關。昨日玉魚蒙葬地，早時金碗出人間。言陵墓之被發。見愁汗馬西戎逼，曾閃朱旗北斗殷。多少材官守涇渭，將軍且莫破愁顔。

此爲吐蕃内侵，諸將不能禦侮而作也。不忍斥言，故借漢爲比。

韓公本意築三城，張仁愿。擬絶天驕拔漢旌。豈謂盡煩回紇馬，翻然遠救朔方兵。胡來不覺潼關隘，龍起猶聞晋水清。獨使至尊憂社稷，諸君何以答升平。感傷目前，追憶盛時，龍跳虎卧之筆。

此爲回紇入境，責諸將不能分憂而言也。築城本以禦寇，豈謂反賴回紇以平亂耶？故追思開創之主，以勗諸君。

洛陽宫殿化爲烽，休道秦關百二重。滄海未全歸禹貢，薊門何處盡堯封。朝廷衮職雖多預，天下軍儲不自供。稍喜臨邊王相國，肯銷金甲事春農。其人只此一事可嘉，故曰『稍喜』。

起追憶安史陷京，下指河北餘孽。因傷轉輸不繼，而以王縉愧勵諸藩，其言微矣！

迴首扶桑銅柱標，冥冥氛祲未全銷。越裳翡翠無消息，南海明珠久寂寥。殊錫曾爲大司馬，總戎皆插侍中貂。炎風朔雪天王地，只在忠良翊聖朝。

言南方不靖，貢獻久稀，由諸將膺異寵、擁高官，而不盡撫綏之道耳！故於忠良有厚望焉。

錦江春色逐人來，巫峽清秋萬壑哀。正憶往時嚴僕射，共迎中使望鄉臺。公爲幕佐，故云『共迎』。主恩前後三持節，軍令分明數舉杯。有雅歌投壺氣象。西蜀地形天下險，安危須仗出群材。

思嚴武，傷武後之鎮蜀者皆非其人也。

五章議論時事，感慨淋漓，而辭氣仍出以丁寧反覆，所云『言者無罪，聞者足戒』。

夜

露下天高秋氣清，空山獨夜旅魂驚。疏燈自照孤帆宿，新月猶懸雙杵鳴。南菊再逢人卧病，北書不至雁無情。步簷倚杖看牛斗，銀漢遥應接鳳城。即『每依北斗望京華』意。

暮歸

霜黄碧梧白鶴棲，城上擊柝復烏啼。客子入門月皎皎，誰家搗練風淒淒。南渡桂水闕舟楫，北歸秦川多鼓鼙。年過半百不稱意，明日看雲還杖藜。

返照

楚王宫北正黄昏，在巫山傍。白帝城西過雨痕。返照入江翻石壁，歸雲擁樹失山村。鍊字。衰年肺病惟高枕，絶塞愁時早閉門。不可久留豺虎亂，南方實有未招魂。己之驚魂，不能招之北歸。

九日

重陽獨酌杯中酒，即注明『獨酌』，言弗與弟妹飲也。抱病起登江上臺。竹葉於人既無分，菊花從此不須開。竹葉、菊花，真假對。殊方日落玄猿哭，舊國霜前白雁來。弟妹蕭條各何在，干戈衰謝兩相催。

又呈吴郎前有《簡吴郎司法》一首。

堂前撲棗任西鄰，無食無兒一婦人。不爲困窮寧有此，秖緣恐懼轉須親。體貼曲折至此。即防遠客雖多事，便插疏籬却任真。婦防遠客，固爲多事，吴插疏籬，未免任真矣。已訴徵求貧到骨，無食。正思戎馬淚盈巾。無兒。

痌瘝一體，意却不涉庸腐，末并見誅求之酷、亂離之慘，所謂『其言藹如』者耶！

吹笛

吹笛秋山風月清，誰家巧作斷腸聲。風飄律吕相和切，月傍關山幾處明。分頂。胡騎中宵堪北走，借笳比笛。武陵一曲想南征。笛中實事。故園楊柳今摇落，何得愁中却盡生。笛中有《折楊柳》曲，故翻其意作結。

冬至

年年至日長爲客，忽忽窮愁泥殺人。江上形容吾獨老，天涯風俗自相親。所謂『入門各自媚，誰肯相爲言』。杖藜雪後臨丹壑，鳴玉朝來散紫宸。憶在朝。心折此時無一寸，路迷何處見三秦。

小寒食舟中作寒食次日爲小寒食，看首句自明。

佳人强飯食猶寒，隱几蕭條帶鶡冠。春水船如天上坐，老年花似霧中看。娟娟戲蝶過閒幔，片片輕鷗下急湍。二語以往來自在反興欲歸長安而不得也。雲白山青萬餘里，愁看直北是長安。

張志和

字子同，婺州人。始名龜齡，肅宗命待詔翰林，賜名志和。後坐貶，居江湖，自稱『烟波釣徒』，著《元真子》，亦以自號。

漁父

八月九月蘆花飛，南谿老人垂釣歸。秋山入簾翠滴滴，野艇倚檻雲依依。却把漁竿尋小逕，閑梳鶴髮對斜暉。翻嫌四皓曾多事，出爲儲皇定是非。

陶　峴

峴，淵明之後，開元末移居崑山。《紀事》云：峴泛遊江湖，自製一舟，與孟彦深、孟雲卿、焦燧共載。吴越之士號爲『水仙』。

西塞山下迴舟作

匡廬舊業是誰主，吴越新居安此生。白髮數莖歸未得，青山一望計還成。鴉翻楓葉夕陽動，鷺立蘆花秋水明。從此舍舟何所詣，酒旗歌扇正相迎。

元　結

橘井

雲橘無根井有泉，世間如夢又千年。鄉園不見重歸鶴，姓字今爲第幾仙。風冷露壇人悄悄，地閒荒徑草芊芊。如何躡得蘇君迹，白日霓旌擁上天。

劉長卿 七律至隨州，工絶、亦秀絶矣。然前此渾厚兀奡之氣不存。降而君平、茂政，抑又甚焉。風會使然，豈作者莫能自主耶？

長沙過賈誼宅

三年謫宦此栖遲，萬古惟留楚客悲。秋草獨尋人去後，寒林空見日斜時。漢文有道恩猶薄，湘水無情弔豈知。寂寂江山摇落處，憐君何事到天涯。

誼之遷謫，本因被讒，今云『何事』而來，含情不盡。

登餘干古城

孤城上與白雲齊，萬古蕭條楚水西。官舍已空秋草没，女墻猶在夜烏啼。平沙渺渺迷人遠，落日亭亭向客低。飛鳥不知陵谷變，朝來暮去弋陽溪。

獻淮寧軍節度李相公

建牙吹角不聞喧，三十登壇衆所尊。家散萬金酬士死，言輕財。身留一劍答君恩。言報主。

漁陽老將多回席，猶避席。魯國諸生半在門。言好士。白馬翩翩春草緑，邵陵西去獵平原。

贈別嚴士元

春風倚棹闔閭城，水國春寒陰復晴。細雨濕衣看不見，閒花落地聽無聲。日斜江上孤帆影，草緑湖南萬里情。東道若逢相識問，青袍今已誤儒生。

三、四只分寫陰陽之景。注釋家謂比讒言之漸漬，朝廷之棄賢，初無此意。

自夏口至鸚鵡洲望岳陽寄阮中丞

汀洲無浪復無烟，楚客相思亦渺然。漢口夕陽斜度鳥，洞庭秋水遠連天。孤城背嶺寒吹角，獨樹臨江夜泊船。賈誼上書憂漢室，長沙謫去古今憐。

直說淺露，右丞則云：『長沙不久留才子，賈誼何須弔屈平？』

觀校獵上淮西相公

龍驤校獵邵陵東，野火初燒楚澤空。師事黄公千載後，即黄石公。身騎白馬萬人中。笳隨晚吹迎邊草，箭没寒雲落塞鴻。三十擁旄誰不羨，周郎少小立奇功。

送柳使君赴袁州袁川與三苗地接。

宜陽出守新恩至，京口因家始願違。五柳閉門高士去，三苗按節遠人歸。月明江路聞猿斷，花暗山城見吏稀。惟有郡齋窗裏岫，朝朝空對謝元暉。

使次安陸寄友人

新年草色遠萋萋，久客將歸問路蹊。暮雨不知溳口處，春風只到穆陵西。言此處春光緩到，因地偏也。孤城盡日空花落，三户無人自鳥啼。《史記》：『楚雖三户，亡秦必楚。』君在江南相憶否，門前五柳幾枝低。

送耿拾遺歸上都

若爲天畔獨歸秦，對水看山欲暮春。窮海別離無限路，隔河征戰幾歸人。長安萬里傳雙淚，建德千峰寄一身。今嚴州。想到郵亭愁駐馬，不堪西望見風塵。時應值吐蕃之亂，故有『隔河征戰』『西望風塵』之語。

送陸澧倉曹西上

長安此去欲何依，先達誰當薦陸機。日下鳳翔雙闕迥，雪中人去二陵稀。舟從故里難移棹，家在寒塘獨掩扉。下半説自己。臨水自傷流落久，贈君空有淚沾衣。

題靈祐和尚故居

歎逝翻悲有此身，禪房寂寞見流塵。六時行徑空秋草，幾日浮生哭故人。風竹自吟遥入磬，雨花隨淚共沾巾。殘經窗下依然在，憶得山中問許詢。

哭故人，可傷矣；幾日浮生，尤爲可傷！

錢起

和李員外扈駕幸温泉宫

未央月曉度疏鐘，鳳輦時巡出九重。雪霽山門迎瑞日，雲開水殿候飛龍。輕寒不入宫中樹，佳氣常浮仗外峰。佳於偶句。遥羨枚皋扈仙蹕，偏承霄漢渥恩濃。

贈闕下裴舍人

二月黄鸝飛上林，春城紫禁曉陰陰。長樂鐘聲花外盡，不出花外。龍池柳色雨中深。蒙澤獨涯。陽和不散窮塗恨，霄漢常懸捧日心。獻賦十年猶未遇，少含藴。羞將白髮對華簪。

格近李東川。

漢武出獵

漢家無事樂時雍，羽獵年年出九重。玉帛不朝金闕路，旌旗長繞綵霞峰。且貪原獸輕黄屋，寧畏漁人犯白龍。薄暮方歸長樂觀，垂楊幾處緑烟濃。

和王員外晴雪早朝

紫微晴雪帶恩光，繞仗偏隨鴛鷺行。長信月留寧避曉，宜春花滿不飛香。獨看積素凝清禁，已覺輕寒讓太陽。題柱盛名兼絶唱，風流誰繼漢田郎。

可追隨嘉州作，惜一結泛然，不如岑詩關合。

山中酬楊補闕見訪

日暖風恬種藥時，紅泉翠壁薜蘿垂。幽溪鹿過苔還静，深樹雲來鳥不知。佳句。青瑣同心多逸興，春山載酒遠相隨。却慚身外牽纓冕，未信尊前倒接䍦。

韋應物

自鞏洛舟行入黄河即事寄府縣僚友

夾水蒼山路向東，東南山豁大河通。寒樹依微遠天外，夕陽明滅亂流中。孤村幾歲臨伊岸，一雁初晴下朔風。爲報洛橋遊宦侣，扁舟不繫與心同。

伊水之岸。

『寒樹』句，畫本；『夕陽』句，畫亦難到。

『鷺鷀飛破夕陽烟』『水面迴風聚落花』『芰荷翻雨潑鴛鴦』，同是名句，然皆作意求工，少天然之致矣。山水雲霞，皆成圖繢；指點顧盼，自然得之，才是古人佳處。

寄李儋元錫

去年花裏逢君別，今日花開又一年。世事茫茫難自料，春愁黯黯獨成眠。身多疾病思田里，邑有流亡愧俸錢。聞道欲來相問訊，西樓望月幾時圓。

五、六不負心語。

皇甫冉

同温丹徒登萬歲樓晋王恭建。

高樓獨上思依依，極浦遥山合翠微。江客不堪頻北望，塞鴻何事又南飛。丹陽古渡寒烟積，瓜步空洲遠樹稀。聞道王師猶轉戰，誰能談笑解重圍。

三月三日義興李明府後亭泛舟

江南烟景復如何，開〔一〕道新亭更可過。處處執蘭春浦緑，萋萋藉草遠山多。壺觴須就陶彭澤，風俗猶傳晋永和。更使輕橈徐轉去，微風落日水增波。

『執蘭』，即《鄭風》『秉蕑』也。二字見鄭箋，于上巳爲典切，他本作『藝蘭』，非。

春思

鶯啼燕語報新年，馬邑龍堆路幾千。家住層城鄰漢苑，心隨明月到胡天。機中錦字論長恨，樓上花枝笑獨眠。爲問元戎竇車騎，何時反旆勒燕然。

『盧家少婦』之亞，惟『笑獨眠』，句工而近纖，或難與沈詩争席耳。

送李録事赴饒州

北人南去雪紛紛，雁叫汀洲不可聞。積水長天隨遠客，荒城極浦足寒雲。山從建業千峰出，江至潯陽九派分。借問督郵纔弱冠，府中年少不如君。府佐，即指録事。

〔一〕開，應爲『聞』，刻寫之誤。

皇甫曾

早朝日寄所知

長安雪後見歸鴻，紫禁朝天拜舞同。曙色漸分雙闕下，漏聲遥在百花中。爐烟乍起開仙仗，玉佩成行引上公。共荷發生同雨露，不應黄葉久從風。望其出而仕也。

頷聯不讓賈、王諸公。

秋夕寄懷契上人

已見槿花朝委露，獨悲孤鶴在人群。真仙出世心無事，静夜名香手自焚。窗臨絶澗聞流水，客至孤峰掃白雲。更想清晨誦經處，獨看松上雪紛紛。

結爲後人開便易一路。

李嘉祐

暮春宜陽郡齋愁坐，忽枉劉七侍御詩，因以酬答

子規夜夜啼櫧葉，遠道逢春半是愁。芳草伴人還易老，落花隨水亦東流。山當睥睨常多雨，城壖。地接瀟湘畏及秋。惟羨君爲周柱史，手持黄紙到滄洲。

自蘇臺至望亭驛，人家盡空，春物增思，悵然有作，因寄從弟紓

南浦菰蒲覆白蘋，東吴黎庶逐黄巾。野棠自發空流水，江燕初歸不見人。遠樹依依如送客，平田漠漠獨傷春。那堪回首長洲苑，烽火年年報虜塵。

宋元嘉時，春燕歸來，巢於林木，因亂後也。四語用其意。

郎士元

贈錢起秋夜宿靈臺寺見寄

石林精舍武溪東，夜扣禪扉謁遠公。月在上方諸品静，心持半偈萬緣空。蒼苔古道行應徧，落木寒泉聽不窮。更憶雙峰最高頂，此心期與故人同。

前六語皆指仲文，末更願同遊最高之頂，故人，君胄自謂也。

韓翃

同題仙遊觀

仙臺初見五城樓，風物凄凄宿雨收。山色遥連秦樹晚，砧聲近報漢宫秋。疏松影落空壇静，細草春香小洞幽。何用别尋方外去，人間亦自有丹丘。

送劉評事赴廣州使幕

征南官屬似君稀，才子當今劉孝威。蠻府參軍趨傳舍，郝隆語。交州刺史拜行衣。前臨漲海無人過，却望衡陽少雁飛。爲報蒼梧雲影道，明年早送客帆歸。

送冷朝陽還上元

青絲纜引木蘭船，名遂身歸拜慶年。落日澄江烏榜外，秋風疏柳白門前。橋通小市家林近，山帶平蕪野寺連。别後剛逢寒食節，共誰携手上東田。

東田，在上元，沈休文別業。

送王光輔歸青州兼寄儲侍御

幾回奏事建章宫，聖主偏知漢將功。身著紫衣趨闕下，口銜丹詔出關東。蟬聲驛路秋山裏，草色河橋落照中。遠憶故人滄海别，當年好躍五花驄。

秦　系

字公緒，會稽人。不求仕進，隱南安之九目山。張建封以不可招致，請就加校書郎，貞元中卒。

劉長卿自謂『五言長城』，系欲以偏師攻之。然詩格近幽澀，未之許也。

題茅山李尊師山居

尊師百歲少如童，不到山中竟不逢。洗藥每臨新瀑水，步虛時上最高峰。籬間五月留殘雪，石上千年破怪松。此去人寰今遠近，回看雲壑一重重。

盧　綸

長安春望

東風吹雨過青山，却望千門草色閒。家在夢中何日到，春來江上幾人還。川原繚繞浮雲外，宮闕參差落照間。誰念爲儒逢世難，遭亂意上皆蘊含，至末點出。獨將衰鬢客秦關。

夷猶綽約，風致天成。

詩貴一語百媚，大曆十子是也；尤貴一語百情，少陵、摩詰是也。

至德中途中書事却寄李僩

亂離無處不傷情，況復看碑對古城。路遶寒山人獨去，月臨秋水雁空驚。顏衰重喜歸鄉國，身賤多慚問姓名。上一詩望鄉不還，此時始還。今日主人還共醉，應憐世故一儒生。

夜投豐德寺謁液上人

半夜中峰有磬聲，偶逢樵者問山名。上方月曉聞僧語，下界林疏見客行。野鶴巢邊松最老，毒龍潛處水偏清。願得遠公知姓字，焚香洗鉢過浮生。

晚次鄂州

雲開遠見漢陽城，猶是孤帆一日程。估客晝眠知浪静，舟人夜語覺潮生。三湘愁鬢逢秋色，萬里歸心對月明。舊業已隨征戰盡，更堪江上鼓鼙聲。

讀三、四語，如身在江舟間矣，詩不貴景象耶！

酬暢當尋嵩岳麻道士見寄

聞逐樵夫閑看棋，忽逢人世是秦時。開雲種玉嫌山淺，渡海傳書怪鶴遲。陰洞石幢微有字，古壇松樹半無枝。煩君遠寄青囊籙，願得相從一問師。

竇叔向

夏夜宿表兄話舊

夜合花開香滿庭，夜深微雨醉初醒。遠書珍重何曾達，舊事凄涼不可聽。去日兒童皆長大，昔年親友半凋零。明朝又是孤舟別，愁見河橋酒幔青。

竇　常

字中行，叔向長子。大曆中進士，官至國子祭酒。

之任武陵，寒食日途次松滋渡，先寄劉員外禹錫

杏花榆莢曉風前，雲際離離上峽船。江轉數程淹驛騎，楚曾三户少人烟。看春又過清明節，

算老重經癸巳年。幸得桂山當郡舍，在朝長咏卜居篇。

朱　灣

尋隱者韋九於東溪草堂

尋得仙源訪隱淪，漸來深處漸無塵。初行竹裏唯通馬，直到花間始見人。四面雲山誰作主，數家烟火自爲鄰。路傍樵客何須問，朝市如今不是秦。

戴叔倫

宫詞

紫禁迢迢宫漏鳴，夜深無語獨含情。春風鸞鏡愁中影，明月羊車夢裏聲。塵暗玉階綦迹斷，香飄金屋篆烟清。貞心一任蛾眉妒，買賦何須問馬卿。

宫詞，不多作怨聲，能存貞正。

司空曙

長安曉望寄程補闕

迢遞山河擁帝京，參差宫殿接雲平。風吹曉漏經長樂，柳帶晴烟出禁城。天净笙歌臨路發，日高車馬隔塵行。獨有淺才甘未達，多慚名在魯諸生。

極形山河宫闕之壯麗，而己之虚名不遇，益覺可傷。

酬李端校書見贈

緑槐垂穗乳烏飛，忽憶山中獨未歸。青鏡流年看髮變，白雲芳草與心違。乍逢酒客春遊慣，久别林僧夜坐稀。昨日聞君到城闕，莫將簪弁勝荷衣。

四語言己繫於一官，不能遂白雲芳草之心。末勉其堅守初服，勿縈情於簪弁也。與前一首似兩種心事，意既得官後，知宦途之無味耶。

酬張芬赦後見贈

紫鳳朝銜五色書，陽春忽報網羅除。已將心變寒灰後，豈料光生腐草餘。建水風烟收客淚，杜陵花竹夢郊居。勞君故有詩人贈，欲報瓊瑶恨不如。

李　端

宿淮浦憶司空文明即曙。

愁心一倍長離憂，夜思千重戀舊遊。秦地故人文明。成遠夢，楚天涼雨在孤舟。自己。諸溪近海潮皆應，獨樹邊淮葉盡流。別恨轉深何處寫，前程惟有一登樓。如仲宣作《登樓賦》。

閒園即事贈考功王員外

南陌晴雲稍變霞，東風動柳水紋斜。園林帶雪潛生草，桃李雖春未有花。幸接上賓登鄭驛，羞爲長女似黄家。喻己未遇。今朝一望還成暮，欲别芳菲戀歲華。

張南史字季真，幽州人。

陸勝宅秋雨中探韵

同人永日自相將，深竹閒園偶並也。辟疆。已被秋風教憶鱠，更聞寒雨勸飛觴。歸心莫問三江水，旅服從沾九日霜。醉裏欲尋騎馬路，蕭條是處有垂楊。

言歸心乍動，然聞雨中飛觴，則仍且淹留矣。下承上，作轉語。

劉方平

秋夜呈皇甫冉鄭豐

洛陽秋夜白雲歸，城裏長河列宿稀。秋後見飛千里雁，月中聞搗萬家衣。工而秀。長辭西雍青門道，久別東吴黄鶴磯。借問客書何所寄，用心不啻兩鄉違。西雍、東吴。

時在洛陽，故云。已辭西雍，又别東吴也。

耿湋

上裴行軍中丞即晋公度。

胡塵已滅天山外，閉閣陰陰日復曛。櫪上驊騮嘶鼓角，門前老將識風雲。旌旗四面高秋見，絲竹千家静夜聞。莫道古來多計策，功成唯有李將軍。

李益

送賈校書東歸寄振上人

北風吹雁數聲悲，况指前林是別時。秋草不堪頻送遠，白雲何處更相期。山隨匹馬行看暮，路入寒城去獨遲。爲向東州故人道，江淹已擬惠休詩。

鹽州過胡兒飲馬泉

緑楊著水草如烟，舊是胡兒飲馬泉。幾處吹笳明月夜，何人倚劍白雲天。言備邊無人，句特含蘊。從來凍合關山路，今日分流漢使前。莫遣行人照容鬢，恐驚憔悴入新年。

鮑溶

字德源，里居未詳。元和中進士，與韓門諸人相友善。

蔡平喜遇河陽馬判官寬話別

從事東軍正四年，相逢且喜偃兵前。蔡平。看尋狡兔翻三窟，見射妖星落九天。江上柳營迴鼓角，河陽花府望神仙。遇馬判官。秋風蕭颯醉中別，話別。白馬嘶霜雁叫烟。

武元衡

字伯蒼，緱氏人。大曆中進士，憲宗時拜同中書門下平章事，復出爲劍南節度使。召還秉政，淮西用兵。王承宗上表請赦吴元濟，元衡叱之，承宗上章詆誣，未幾，元衡入朝，爲盜所害。

送張六諫議歸朝

詔書前日下丹霄，頭戴儒冠脱皂貂，笛怨柳營烟漠漠，雲愁江館雨蕭蕭。鴛鴻得路争先翥，松柏凌寒獨後凋。規之以正。歸去朝端如有問，玉門關外老班超。

酬嚴司空荊南見寄

金貂再入三公府，玉帳連封萬户侯。簾卷青山巫峽曉，烟開碧樹渚宮秋。劉琨坐嘯風清塞，謝朓題詩月滿樓。白雪調高歌不得，美人南望翠蛾愁。

楊巨源

贈張將軍

關西諸將揖容光，獨立營門劍有霜。知愛魯連歸海上，肯令王翦在頻陽。天晴紅幟當山滿，日暮清笳入塞長。年少功高人共羨，漢家壇樹月蒼蒼。

神骨俱王。

言當時急于用人，必不令如王翦之在頻陽也。豈將軍有歸隱之志，故云爾耶？

和侯大夫秋原山觀征人回

兩河戰罷萬方清，原上軍回識舊營。立馬望雲秋塞静，射雕臨水晚天晴。戍閑部伍分岐路，地遠家鄉寄旆旌。聖代止戈資廟略，諸侯不復更長征。

送澹公歸嵩山龍潭寺葬本師

野烟秋水蒼茫遠，禪境真機去住閒。雙樹爲家思舊壑，千花成塔禮寒山。洞宫曾向龍邊宿，雲徑應從鳥外還。莫戀本師金骨地，空門無處復無關。更上一層。

重訂唐詩別裁集卷十五

長洲沈德潛歸愚選

韓　愈

奉和庫部盧四兄曹長元日朝迴盧，名汀。

天仗宵嚴建羽旄，春雲送色曉雞號。金爐香動螭頭暗，玉佩聲來雉尾高。戎服上趨承北極，儒冠列侍映東曹。太平時節身難遇，郎署何須歎二毛。

晉公破賊回，重拜台司，以詩示幕中賓客，愈奉和

南伐旋師太華東，天書夜到册元功。將軍舊壓三司貴，相國新兼五等崇。鵷鷺欲歸仙仗裏，熊羆還入禁營中。長慚典午非材職，司馬隱語。公自謂。得就閒官即至公。

左遷至藍關示姪孫湘湘，字清夫。

一封朝奏九重天，夕貶潮陽路八千。欲爲聖明除弊事，肯將衰朽惜殘年。雲横秦嶺家何在，雪擁藍關馬不前。知汝遠來應有意，好收吾骨瘴江邊。

酒中留上襄陽李相公即李逢吉。憲宗罷逢吉政事，出爲劍南節度使。穆宗立，移襄州刺史、山南東道節度使。

濁水污泥清路塵，還曾同制掌絲綸。眼穿長訝雙魚斷，耳熱何辭數爵頻。銀燭未消窗送曙，金釵半醉座添春。知公不久歸鈞軸，應許閒官寄病身。

公之嶽嶽，而忽作此明麗之句，如廣平之賦梅花，不礙心似鐵也。

柳宗元

登柳州城樓寄漳、汀、封、連四州刺史韓泰漳州，韓曄汀州，陳謙封州，劉禹錫連州。

城上高樓接大荒，海天愁思正茫茫。從登城起，有百端交集之感。驚風亂颭芙蓉水，密雨斜侵薜荔墻。嶺樹重遮千里目，江流曲似九迴腸。共來百粤文身地，猶自音書滯一鄉。

驚風密雨，言在此而意不在此。《嶺南江行》詩中『射工』『颶母』亦然。

别舍弟宗一

零落殘魂倍黯然，雙垂别淚越江邊。一身去國六千里，萬死投荒十二年。桂嶺瘴來雲似墨，洞庭春盡水如天。弟之楚。欲知此後相思夢，長在荆門郢樹烟。

嶺南江行

瘴江南去入雲烟，望盡黄茆是海邊。山腹雨晴添象迹，潭心日暖長蛟涎。射工巧伺遊人影，颶母偏驚旅客船。從此憂來非一事，豈容華髮待流年。

中二聯俱寫風土之異，不分淺深。

得盧衡州書因以詩寄

臨蒸且莫歎炎方，爲報秋來雁幾行。林邑東迴山似戟，牂牁南下水如湯。蒹葭淅瀝含秋霧，橘柚玲瓏透夕陽。非是白蘋州畔客，還將遠意問瀟湘。

柳州峒氓

郡城南下接通津，異服殊音不可親。青箬裹鹽歸峒客，綠荷包飯趁墟人。鵝毛禦臘縫山罽，雞骨占年拜水神。愁向公庭問重譯，欲投章甫作文身。

劉禹錫

大曆後詩，夢得高於文房，與白傅唱和，故稱『劉白』。實劉以風格勝，白以近情勝，各自成家，不相肖也。

松滋渡望峽中

渡頭輕雨灑寒梅，雲際溶溶雪水來。望峽中。夢渚草長迷楚望，夷陵土黑有秦灰。巴人淚應猿聲落，蜀客船從鳥道迴。正寫望峽，警拔。十二碧峰何處所，永安宮外是荒臺。

《左傳》：江漢睢漳，楚之望也。

送源中丞充新羅册立使

相門才子稱華簪，持節東行捧德音。身帶霜威辭鳳闕，中丞。口傳天語到雞林。新羅。烟開鰲背千尋碧，日浴鯨波萬頃金。想見扶桑受恩處，一時西拜盡傾心。

西塞山懷古

王濬樓船下益州，金陵王氣黯然收。起手如黄鵠高舉，見天地方員。千尋鐵鎖沉江底，一片降旛出石頭。流走，見地利不足恃。人世幾回傷往事，山形依舊枕寒流。從今四海爲家日，别於三分割據。故壘蕭蕭蘆荻秋。

時夢得與元微之、韋楚客、白樂天各賦《金陵懷古》，夢得詩成，樂天覽之，曰：『四人探驪龍，子已獲珠，餘皆鱗爪矣！』遂罷唱。

奉送浙西李僕射赴鎮

建節東行是舊遊，歡聲喜氣滿吴州。郡人重得黄丞相，童子争迎郭細侯。郭伋，字細侯。詔下初辭温室樹，夢中先到景陽樓。言其不忘君也。自憐不識平津閣，遥望旌旆汝水頭。

應是重鎮浙西，故云舊遊及黄丞相等語。

早春對雪奉寄澧州元郎中

新賜魚書墨未乾，賢人暫屈遠人安。朝驅旌旆行時令，夜見星辰憶舊官。郎官上應列宿。梅蘂覆階鈴閣暖，下半點對雪。雪花當户戟枝寒。寧知楚客思公子，北望長吟澧有蘭。顧澧州作結。

漢壽城春望古荆州，刺史治，亭下有子胥廟、楚王故墳。

漢壽城邊野草春，荒祠古墓對荆榛。田中牧豎燒芻狗，陌上行人看石麟。華表半空經霹靂，碑文纔見滿埃塵。不知何日東瀛變，此地還成要路津。

荆州道懷古

南國山川舊帝畿，宋臺梁館尚依稀。馬嘶古道行人歇，麥秀空城野雉飛。風吹落葉填空井，火入荒陵化寶衣。徒使詞臣庾開府，咸陽終日苦思歸。

始聞秋風

昔看黄菊與君别，今聽玄蟬我却回。五夜颼飀枕前覺，一年形狀鏡中來。馬思邊草拳毛動，雕盼青雲倦眼開。天地肅清堪四望，爲君扶病上高臺。

君字未知。所謂下半首英氣勃發，少陵操管，不過如是。

感吕衡州，時予方謫居吕温。

一夜霜風凋玉芝，蒼生望絶士林悲。空懷濟世安人略，不見男婚女嫁時。遺草一函歸太史，孤墳三尺近要離。朔方徙歲行當滿，欲爲君刊第二碑。

先有峴山墮淚碑。

再授連州至衡陽酬柳柳州贈别

去國十年同赴召，渡湘千里又分岐。重臨事異黄丞相，再授。三黜名慚柳士師。歸目並隨回雁盡，至衡陽而北望也。愁腸正遇斷猿時。桂江東過連山下，相望長吟有所思。

與子厚同召，柳得柳州，劉得播州。子厚謂播州非人所居，願以柳易播。大臣爲上言之，乃改授連州。

赴蘇州酧别樂天

吴郡魚書下紫宸，長安厩吏送朱輪。二南風化承遺愛，八咏聲名躡後塵。梁氏夫妻爲寄客，陸家兄弟是州民。江城春日追隨處，共憶東歸舊主人。

頸聯可云佳話。

酬樂天揚州初逢席上見贈

巴山楚水淒涼地，二十二年棄置身。懷舊空吟聞笛賦，到鄉翻似爛柯人。沉舟側畔千帆過，病樹前頭萬木春。今日聽君歌一曲，暫憑杯酒長精神。

『沉舟』二語，見人事不齊，造化亦無如之何。悟得此旨，終身無不平之心矣。

刑部白侍郎謝病長告，改賓客分司，以詩贈別

鼎食華軒到眼前，拂衣高坐豈徒然。九霄路上辭朝客，四皓叢中作少年。他日卧龍終得雨，今朝放鶴且冲天。洛陽舊有衡茅在，亦擬抽身伴地仙。言己亦欲告歸。

白居易

香鑪峰下新卜山居草堂初成，偶題東壁

五架三間新草堂，石階桂柱竹編墻。南檐納日冬天暖，北户迎風夏月凉。灑砌飛泉常有點，拂窗斜竹不成行。來春更葺東廂屋，紙閣蘆簾著孟光。

贈楊秘書巨源自注：楊嘗有贈人詩云『三刀夢益州，一箭取遼城』，由是得名。

早聞一箭取遼城，相識雖新有故情。清句三朝誰是敵，白鬚四海半爲兄。貧家薙草時時入，瘦馬尋花處處行。不用更教詩過好，折君官職是聲名。

聞楊十二新拜省郎遥以詩賀

文昌新入有光輝，紫界宫墻白粉闈。曉日雞人傳漏箭，春風侍女護朝衣。雪飄歌曲高難和，鶴拂烟霄老慣飛。官職聲名俱入手，近來詩客似君稀。

前有『折君官職是詩名』句，故用末二句以解之。

自河南經亂，關内阻飢，兄弟離散，各在一方，因望月有感，聊書所懷，寄上浮梁大兄、於潛七兄、烏江十五兄，兼示符籬及下邽弟妹

時難年荒世業空，弟兄羈旅各西東。田園寥落干戈後，骨肉流離道路中。弔影分爲千里雁，辭根散作九秋蓬。共看明月應垂淚，一夜鄉心五處同。

和楊尚書罷相後暇遊永安水亭，兼招本曹楊侍郎同行

道行無喜退無憂，舒卷如雲得自由。良冶動時爲哲匠，巨川濟了作虚舟。句得大體。竹亭陰合偏宜夏，水檻風凉不待秋。遥愛翩翩雙紫鳳，入同官署出同遊。

隨題順寫，第四語尤工於立言。

尋郭道士不遇

郡中乞假來相訪，洞裏朝元去不逢。看院秖留雙白鶴，入門惟見一青松。藥爐有火丹應伏，雲碓無人水自春。欲問參同契中事，更期何日得從容。

欲與元八卜鄰先有是贈

平生心迹最相親，欲隱墻東不爲身。明月好同三徑夜，緑楊宜作兩家春。每因暫出猶思伴，豈得安居不擇鄰。何獨終身數相見，子孫長作隔墻人。

兩家意語語夾寫，一步深是一步。

餘杭形勝

餘杭形勝四方無，州傍青山縣枕湖。遶郭荷花三十里，拂城松樹一千株。夢兒亭古傳名謝，教伎樓新道姓蘇。獨有使君年太老，風光不稱白髭鬚。

靈隱山上有夢謝亭，即杜明甫夢謝靈運之所，因名『客兒亭』。蘇小小，錢塘人也。

錢塘湖春行

孤山寺北賈亭西，水面初平雲脚低。幾處早鶯争暖樹，誰家新燕啄春泥。秀絶。亂花漸欲迷人眼，淺草纔能没馬蹄。最愛湖東行不足，緑楊陰裏白沙堤。

今之白堤，即白沙堤，百公時已有之，非白公築也。虎邱白公堤，公爲刺史時所築。

西湖晚歸回望孤山寺贈諸客

柳湖松島蓮花寺，晚動歸橈出道場。盧橘子低山霧重，棕櫚葉戰水風凉。烟波澹蕩摇空碧，樓閣參差倚夕陽。孤山一路風景，即名畫家亦不能到。到岸請君回首望，蓬萊宫在海中央。比也。

白傅刺杭時，往來湖上，讌飲賦詩。藝林知重其詩，不知諸務就理，即建石函一事，瀉西湖之水，潤三邑之田，其功未有涯量也，烏得以詩人概之？

西湖留別

征途行色慘風烟，祖帳離聲咽管絃。翠黛不須留五馬，皇恩只許住三年。緑藤陰下鋪歌席，紅藕花中泊妓船。處處回頭盡堪戀，就中難別是湖邊。

武邱寺路宴留別諸妓

銀泥裙映錦障泥，畫舸停橈馬簇蹄。清管曲終鸚鵡語，紅旗影動駮鵁嘶。音薄，韓馬名。漸消醉色朱顔淺，欲語離情翠黛低。莫忘使君吟咏處，女墳湖北武邱西。

送蕭處士遊黔南

能文好飲老蕭郎，身似浮雲鬢似霜。生計抛來詩是業，家園忘却酒爲鄉。江從巴峽初成字，猿過巫陽始斷腸。不醉黔中争去得，磨圍山月正蒼蒼。

送王十八歸山寄題仙遊寺

曾於太白峰前住，數到仙遊寺裏來。黑水澄時潭底出，白雲破處洞門開。林間暖酒燒紅葉，石上題詩掃緑苔。惆悵舊遊無復到，菊花時節羨君迴。

八月十五日夜禁中獨直，對月憶元九

銀臺金闕夕沉沉，獨宿相思在翰林。三五夜中新月色，中秋。二千里外故人心。憶元。渚宫東面烟波冷，浴殿西頭鐘漏深。猶恐清光不同見，江陵卑濕足秋陰。

酬贈李鍊師見招

幾年司諫直承明，今日求真禮上清。曾犯龍鱗容不死，欲騎鶴背覓長生。二語合看方妙。劉綱有婦仙同得，伯道無兒累更輕。若許移家相近住，便驅雞犬上層城。

寄殷協律自注：多叙江南舊遊。

五歲優遊同過日，一朝消散似浮雲。琴詩酒伴皆抛我，雪月花時最憶君。幾度聽雞歌白日，亦曾騎馬咏紅裙。吴娘暮雨蕭蕭曲，自别蘇州更不聞。

自注：予在杭州，日有歌云『聽唱黄雞與白日』，又云『著紅騎馬是何人』。又注：江南吴二娘曲云『暮雨蕭蕭郎不歸』。

追憶佳冶，轉覺悽凉。

九年十一月二十一日感事而作其日獨遊香山寺。

禍福茫茫不可期，大都早退似先知。當君白首同歸日，是我青山獨往時。白首同所歸，潘岳與石崇臨刑時語。顧索素琴應不暇，憶牽黃犬定難追。麒麟作脯龍爲醢，何似泥中曳尾龜。

《東坡志林》云：樂天爲王涯所讒，謫江州司馬。甘露之禍，樂天在洛，適遊香山寺，有『白首同歸』二句，不知者以爲幸之也，樂天豈幸人之禍者哉？蓋悲之也。

汪立名曰：太和九年，甘露事，李訓、鄭注、舒元輿、王涯、賈餗皆被害，味詩中『同歸』句，本就事而言，不專指王涯也，公自蘇州召還，秩位漸崇，見機引退，宦官之禍早計及者，何至追憾王涯？況公之遷謫，本由宦官惡之，附宦官者成之，豈反以宦官誅夷士大夫爲快？幸禍之説出於章惇，蓋以小人心度君子腹耳。

元稹

贈嚴童子自注：嚴司空孫，十歲能賦詩，有奇句，詩題有成人風。

衛瓘諸孫衛玠珍，可憐雛鳳好青春。解拈玉葉排新句，認得金環識舊身。用羊祜事。十歲佩觿嬌稺子，八行飛札老成人。楊公莫訝清無業，家有驪珠不復貧。

以州宅夸於樂天

州城迴繞拂雲堆，鏡水稽山滿眼來。四面常時對屏障，一家終日在樓臺。星河似向簷前落，鼓角驚從地底迴。我是玉皇香案吏，謫居猶得住蓬萊。

州宅，即越王臺，在卧龍山上，人民、城郭俱在。其下故有『鼓角驚從地底迴』句。

重夸州宅旦暮景色兼酧前篇末句

仙都難畫亦難書，暫合登臨不合居。繞郭烟嵐新雨後，滿山樓閣上燈初。人聲曉動千門闢，湖色宵涵萬象虚。爲問西州羅刹岸，濤頭衝突近何如。

浙江，亦名羅刹江。末二語嘲樂天也，樂天有《解嘲詩》。

寄樂天

榮辱升沉影與身，世情誰是舊雷陳。惟應鮑叔猶憐我，自保曾參不殺人，山入白樓沙苑暮，潮生滄海野塘春。老逢佳景惟惆悵，兩地各傷何限神。

此微之傷弓之言。

遣悲懷三首存一。

謝公最小偏憐女，自嫁黔婁百事乖。顧我無衣搜藎草，泥他沽酒拔金釵。野蔬充膳甘長藿，落葉添薪仰古槐。今日俸錢過十萬，見唐代俸錢之厚。與君營奠復營齋。

和樂天早春見寄

雨香雲澹覺微和，誰送春聲入櫂歌。萱近北堂穿土早，柳偏東面受風多。新句。湖添水色消殘雪，江送潮頭涌漫波。同愛新年不同賞，無由縮地欲如何。

李德裕

嶺南道中

嶺水争分路轉迷，桄榔椰葉暗蠻溪。愁衝毒霧逢蛇草，畏落沙蟲避燕泥。五月畬田收火米，三更津吏報潮雞。不堪腸斷思鄉處，紅槿花中越鳥啼。

時爲白敏中輩排擠，貶潮州司馬，又貶崖州司户，故三、四語雙關，猶柳州詩之『射工』『颶母』也。

張　籍

寄蘇州白二十三使君

三朝出入紫微臣，頭白金章未老身。登第早年同座主，涖官今日是州民。閶門柳色烟中遠，茂苑鶯聲雨後新。此處吟詩向山寺，知君忘却曲江春。有不滿意。

送李僕射赴鎮鳳翔

由來勳業屬英雄，兄弟連營列位同。先入賊城擒首惡，雪夜擒吴元濟。盡封官庫讓元功。讓功於裴度。旌幢獨繼家聲外，竹帛新添國史中。天子欲收秦隴地，故教移鎮右扶風。

賈島

寄韓潮州愈

此心曾與木蘭舟，直到天南潮水頭。起超。隔嶺篇章來華岳，言韓之來書。出關書信過瀧流。言己之寄書。峰懸驛路殘雲斷，海浸城根老樹秋。一夕瘴烟風捲盡，月明初上浪西樓。

牛僧孺

字思黯，隴西人。貞元中進士，歷相穆、敬兩朝，封奇章郡公，後出鎮鄂渚。文宗朝徵入，再相。夙與李贊皇相惡，會昌中分司東都，貶循州長史。大中初，還爲太子少師。

席上贈劉夢得

粉署爲郎四十春，今來名輩更無人。休論世上昇沉事，且鬭樽前見在身。珠玉會應成咳唾，山川猶覺露精神。莫嫌恃酒輕言語，曾把文章謁後塵。僧孺赴舉時，嘗投贄於劉，劉對客展卷，塗竄其文。歷二十年，劉轉汝州，牛鎮淮南，枉道信宿，酒酣賦詩，劉方悟往年塗竄事。

朱慶餘

本名可久，以字行，越州人。受知於張籍，成寶曆進士，官未達。

南湖

一作温庭筠詩。

湖上微風小檻凉，翫翻菱荇滿迴塘。野船著岸偎春草，水鳥帶波飛夕陽。蘆葉有聲疑露雨，浪花無際似瀟湘。飄然蓬艇東歸客，盡日相看憶楚鄉。

王　建

贈王樞密

三朝行坐鎮相隨，今上春宫見長時。脱下御衣偏得著，進來龍馬每教騎。長承密旨歸家少，獨奏邊機出殿遲。不是當家頻向説，九重争得外人知。

建與宦官王守澄善，酒中語及漢桓靈任中官之禍，守澄憾之，欲以建所作宫詞百首上，聞曰：『禁掖事，汝何敢言？』建賦此詩以贈，乃脱其禍。

杜　牧

字牧之，京兆萬年人。太和二年進士，又舉賢良方正。歷任中外官，終考功郎中、知制誥、中書舍人，有《樊川集》二十卷。

晚唐詩多柔靡，牧之以拗峭矯之，人謂之『小杜』，以别於少陵。配以義山，時亦稱『李杜』。

寄題甘露寺北軒

曾上蓬萊宫裏行，北軒闌檻最留情。孤高堪弄桓伊笛，縹緲宜聞子晋笙。天接海門秋水色，烟籠隋苑暮鐘聲。他年會著荷衣去，不向山僧道姓名。

題青雲館在商於。

虬蟠千仞劇羊腸，天府由來百二强。四皓有芝輕漢祖，張儀無地與懷王。雲連帳影蘿陰合，枕遶泉聲客夢凉。深處會容高尚者，水苗三頃百株桑。

酧張祜處士見寄長句四韵

七子論詩誰似公，曹劉須在指揮中。薦衡昔日知文舉，乞火無人作蒯通。北極樓臺長入夢，西江波浪遠吞空。可憐故國三千里，虛唱歌詞滿六宫。

乞火，用蒯通説曹參請東郭先生梁石君事，見《漢書·蒯通傳》，謂薦賢也。時令狐楚以張祜詩三百篇，隨狀表進。祜至京，上問元稹，稹曰：『雕蟲小技，奬激之，恐變陛下風教。』祜乃罷歸。三、四語正指其事。

街西

《隋三禮圖》：長安領街西五十四坊及西市，多王侯貴戚之第。

碧池新漲浴嬌鴉，分鏁長安富貴家。遊騎偶同人鬭酒，名園相倚杏交花。銀鞍騕褭嘶宛馬，繡鞅璁瓏走鈿車。一曲將軍何處笛，連雲芳樹日初斜。

『名園』句比『緑楊宜作西家春』〔一〕。

懷鍾陵舊遊

滕閣中春綺席開，柘枝蠻鼓殷晴雷。垂樓萬幕青雲合，破浪千帆陣馬來。未掘雙龍牛斗氣，

〔一〕此句出自白居易《欲與元八卜鄰先有是贈》，原句應爲『緑楊應作兩家春』。

高懸一榻棟梁材。連巴控越知何有，珠翠沉檀處處堆。尤妙。

九日齊山登高

江涵秋影雁初飛，與客携壺上翠微。塵世難逢開口笑，菊花須插滿頭歸。但將酩酊酬佳節，不用登臨恨落暉。古往今來只如此，牛山何必獨霑衣。

末二句影切齊山，非泛然下筆。

早雁

金河秋半虜弦開，雲外驚飛四散哀。仙掌月明孤影過，長門燈暗數聲來。須知胡騎紛紛在，豈逐春風一一迴。莫厭瀟湘少人處，水多菰米岸莓苔。

李商隱

義山近體辟績重重，長于諷諭，中有頓挫沉著，可接武少陵者，故應爲一大宗。後人以温李並稱，只取其穠麗相似，其實風骨各殊也。

馬嵬

在西安府興平縣西。

海外徒聞更九州，他生未卜此生休。用《長恨傳》中事。空聞虎旅傳宵柝，無復雞人報曉籌。

此日六軍同駐馬，當時七夕笑牽牛。如何四紀爲天子，不及盧家有莫愁。

五、六語逆挽法，若順説便平。

末言四紀天子不及民間夫婦，蓋譏之也。

重過聖女祠

《水經注》：武都秦岡山懸崖之側、列壁之上，有婦人像，上赤下白，世名之曰『聖女神』。

白石巖扉碧蘚滋，上清淪謫得歸遲。一春夢雨常飄瓦，盡日靈風不滿旗。萼緑華來無定所，杜蘭香去未移時。玉郎會此通仙籍，憶向天階問紫芝。

聖女以形似得名，非果有其神，故以『萼緑華』『杜蘭香』比之。

隋宮

紫泉宫殿鎖烟霞，欲取蕪城作帝家。玉璽不緣歸日角，錦帆應是到天涯。於今腐草無螢火，終古垂楊有暮鴉。地下若逢陳後主，豈宜重問後庭花。

唐祖諱淵，故曰泉。漢祖隆準日角，此借言唐帝。

言天命若不歸唐，遊幸豈止江都而已。用筆靈活，後人只鋪叙故實，所以板滞也。末言亡國之禍甚於後主，他時魂魄相遇，豈應重以後庭花爲問乎？

杜工部蜀中離席應是擬杜。

人生何處不離群，世路干戈惜暫分。雪嶺未歸天外使，松州猶駐殿前軍。座中醉客延醒客，江上晴雲雜雨雲。美酒成都堪送老，當壚仍是卓文君。

二月二日

二月二日江上行，東風日暖聞吹笙。花鬚柳眼各無賴，紫蝶黄蜂俱有情。萬里憶歸元亮井，三年從事亞夫營。新春莫訝遊人意，更作風檐夜雨聲。

南朝

元武湖中玉漏催，宋元嘉時開。雞鳴埭口繡襦迴。齊武帝幸湖北埭。誰言瓊樹朝朝見，後主新製曲。不及金蓮步步來。齊潘妃事。敵國軍營漂木梯，隋文帝伐陳事。前朝神廟鎖烟煤。火焚大皇佛寺。滿宫學士女學士。皆顔色，江令當年只費才。

江總與諸嬪妃女學士共賦詩。題概説南朝，而主意在陳後主。『元武湖』、『雞鳴埭』，雖前朝事，而『玉漏催』『繡襦迴』，已言後主遊幸無明無夜也。三、四誰言後主不及東昏，見盛於東昏也。五、六見不防敵患、不畏天災，欲國之不亡，其可得乎？

籌筆驛

猿鳥猶疑畏簡書，風雲常爲護儲胥。徒令上將揮神筆，終見降王走傳車。管樂有才真不忝，關張無命復何如。對活。他年錦里經祠廟，《梁父吟》成恨有餘。

綿州綿谷縣北，武侯嘗駐軍籌畫於此，瓣香在老杜，故能神完氣足，邊幅不窘。

九成宮

本隋仁壽宮，去京三百里，唐貞觀中修之以避暑。

十二層城閬苑西，平時避暑拂虹霓。形其高。雲隨夏后雙龍尾，后啓事見《山海經》。風逐周王八馬蹄。吴岳曉光連翠巘，甘泉晚景上丹梯。荔枝盧橘沾恩幸，鸞鵲天書濕紫泥。

重有感

感甘露之變也。前有長律一首，故云「重」。

玉帳牙旗得上遊，安危須共主君憂。竇融表已來關右，陶侃軍宜次石頭。豈有蛟龍愁失水，更無鷹隼擊高秋，晝號夜哭兼幽顯，如申包胥秦廷之哭。早晚星關雪涕收。

李訓事變，宦官族誅大臣時，王茂元爲涇原節度使，故曰『上遊當與君分憂』也。昭義節度使劉從諫上疏，問王涯等何罪，仇士良懼，故云『竇融表已來關右』也。茂元在涇原，宜出兵相助，故云『陶侃軍宜次石頭』也。至尊制於中人，是猶蛟龍失水。節度不能仗義，誰爲鷹隼當秋，晝號夜哭，神人共憤，仍有望於擁兵上遊者耳。茂元，義山妻父，以大義責之，見作者之持正。

茂陵

漢家天馬出蒲梢，苜蓿榴花遍近郊。勤兵。內苑只知含鳳觜，射獵。屬車無復插雞翹。微行。玉桃偷得憐方朔，求仙。金屋修成貯阿嬌。重色。誰料蘇卿老歸國，茂陵松柏雨蕭蕭。

贈前尉州契苾使君契苾，何力係，外酋來歸，爲唐初功臣，使君其後也。

何年部落到陰陵，三世勤王國史稱。夜卷牙旗千帳雪，朝飛羽騎一河水。蕃兒襁負來青冢，使君招來者。狄女壺漿出白登。日晚鸊鵜泉畔獵，路人遥識郅都鷹。

隨師東此借隨東征之役以諷時事。

隋，古本作隨，文帝去辵作隋。

東征日調萬黄金，幾竭中原買鬥心。軍令未聞誅馬謖，捷書惟是報孫歆。平吴之役，言已得歆頭，吴平，歆尚在。但須鸑鷟巢阿閣，豈假鴟鴞在泮林。可惜前朝玄菟郡，積骸成莽陣雲深。

三語言軍令不行，四語言虛聲邀賞，五、六言人主脩德則賢士滿朝，不必藉遠人之服也。

曲江此借元宗時曲江以諷文宗時事。

鄭注言，秦中有災，宜興土工壓之，乃浚昆明池與曲江。十一月，以甘露變而止。故以《曲江》爲題。

望斷平時翠輦過，空聞子夜鬼悲歌。金輿不返傾城色，玉殿猶分下苑波。死憶華亭聞唳鶴，謂鄭注、王涯諸人望雪。老憂王室泣銅駝。冤有人。天荒地變心雖折，若比傷春意未多。

哭劉蕡

上帝深宮閉九閽，巫咸不下問銜冤。上帝不遣巫咸問冤，言既阨於人，并阨於天也。廣陵別後春濤隔，湓浦書來秋雨翻。只有安仁能作誄，何曾宋玉解招魂。平生風義兼師友，不敢同君哭寢門。孔子曰：師，吾哭諸寢；朋友，吾哭諸寢門之外。

安定城樓爲令狐氏所擯而作。

迢遞高城百尺樓，緑楊枝外盡汀洲。賈生年少虚垂涕，王粲春來更遠遊。永憶江湖歸白髮，欲迴天地入扁舟。何減少陵？不知腐鼠成滋味，猜意鵷雛竟未休。

言己長憶江湖以終老，但志欲挽回天地乃入扁舟耳。時人不知己志，以鴟鴞嗜腐鼠而疑鵷雜，不亦重可歎乎？

井絡

井絡天彭一掌中，漫誇天設劍爲鋒。陣圖八陣圖。東聚燹江石，東川。邊柝西懸雪嶺松。西川。堪歎故君成杜宇，可能先主是真龍。將來爲報奸雄輩，莫向金牛縣名。訪舊蹤。

言世守及帝胄且不能成功，況奸雄割據乎？如劉闢輩是也。

少年

外戚平羌第一功，生平二十有重封。直登宣室螭頭上，横過甘泉豹尾中。别館覺來雲雨夢，後門歸去蕙蘭叢。灞陵夜獵隨田竇，不識寒郊自轉蓬。

驕恣、色荒兼而有之，此詩應有所指。

王十二兄與畏之員外相訪見招小飲，時予以悼亡日近不去，因寄三十二，茂元之子；畏之，義山僚婿也。

謝傅門庭舊末行，今朝歌管屬檀郎。更無人處簾垂地，欲拂塵時簟竟牀。潘岳《悼亡詩》：『長簟竟牀空。』嵇氏幼男猶可憫，左家嬌女豈能忘。秋霖腹疾俱難遣，萬里西風夜漸長。

淚

永巷長年怨綺羅，離情終日思風波。湘江竹上痕無限，二妃。峴首碑前灑幾多。羊公墮淚碑。人去紫臺秋入塞，明妃。兵殘楚帳夜聞歌。項籍。朝來灞水橋邊問，未抵青袍送玉珂。

以古人之淚，形送别之淚，主意轉在一結。

宋玉

何事荆臺百萬家，惟教宋玉擅才華。《楚辭》已不饒唐勒，《風賦》何曾讓景差。襄王命玉與唐勒爲《大言賦》，玉賦《善風賦》，見《文選》。落日渚宫供觀閣，開年雲夢送烟花。可憐庾信尋荒徑，猶得三朝託後車。庾信亂後居宋玉故宅，梁、魏、周，信皆經歷。

温庭筠語曰：情生于文，文生于情。情不足而文多，晚唐詩所以病也。得此意以去取温詩，則真詩出矣。

馬嵬驛

穆滿曾爲物外遊，六龍經此暫淹留。借穆王比元宗。返魂無驗青烟滅，埋血空成碧草愁。

香輦却歸長樂殿，曉鐘還下景陽樓。甘泉不得重相見，誰道文成是故侯。

通體俱屬借言，咏古詩另開一體。

經李徵君故居

露濃烟重草萋萋，樹映闌干柳拂堤。一院落花無客醉，五更殘月有鶯啼。芳筵想象情難盡，故樹荒涼路已迷。風景宛然人自改，却經門巷馬頻嘶。

過陳琳墓墓在下邳。

曾於青史見遺文，今日飄蓬過此墳。詞客有靈應識我，霸才無主始憐君。插入自己憑弔。石麟埋没藏春草，銅雀荒凉對暮雲。魏武亦難保其荒臺矣！對活。莫怪臨風倍惆悵，欲將書劍學從軍。己與琳踪迹相似。

言袁紹非霸才，不堪爲主也。有傷其生不逢時意。

蘇武廟

蘇武魂銷漢使前，古祠高樹兩茫然。雲邊雁斷胡天月，隴上羊歸塞草烟。回日樓臺非甲帳，去時冠劍是丁年。茂陵不見封侯印，空向秋波哭逝川。

《漢武故事》：以琉璃珠玉明月夜光錯雜，天下珍寶爲甲帳，其次爲乙帳。甲以居神，乙以自居。

五、六與『此日六軍同駐馬』一聯，俱屬逆挽法。律詩得此，化板滯爲跳脱矣。

經五丈原在鳳翔府郿縣，武侯伐魏，屯兵於此。

鐵馬雲雕共絶塵，柳營高壓漢宫春。天清殺氣屯關右，夜半妖星照渭濱。下國卧龍空寤主，《出師》二表是也。中原得鹿不由人。天意不可知。象牀寶帳無言語，從此譙周是老臣。誚之比於痛罵。

贈蜀將

十年分散劍關秋，萬事皆隨錦水流。心氣已曾明漢節，功名猶自滯吴鈎。雕邊認箭寒雲重，馬上聽笳塞草愁。今日逢君倍惆悵，灌嬰韓信盡封侯。惜其立功而不侯，同於李廣。

李蔡，下中人且侯，况灌嬰、韓信乎？

池塘七夕

月出西南露氣秋，綺寮河漢在鍼樓。楊家繡作鴛鴦幔，張氏金爲翡翠鈎。銀燭有光妨宿燕，畫屏無睡待牽牛。萬家砧杵三篙水，一夕横塘是舊遊。

和友溪居别業

積潤初銷碧草新，鳳陽晴日帶雕輪。風飄弱柳平橋晚，雪點寒梅小院春。屏上樓臺陳後主，鏡中金翠李夫人。形别業之勝，非實寫也。花房透露紅珠落，蛺蝶雙飛護粉塵。

春日偶作

西園一曲艷陽歌，擾擾車塵負薜蘿。自欲放懷猶未得，不知經世竟如何。夜聞猛雨拌花盡，寒戀重衾覺夢多。釣渚别來應更好，春風還爲起微波。

諸本作『判』，花盡判分也。無平音，應是『拌』字之譌，今改正。

贈知音

翠羽花冠碧樹雞，未明先向短墻啼。窗間謝女青蛾斂，門外蕭郎折馬嘶。殘曙微星當户没，澹烟斜月照樓低。上陽宫裏鐘初動，不語垂鞭過柳堤。

頸聯寫曉别之景，令人輒唤奈何。

重訂唐詩别裁集卷十六

長洲沈德潛歸愚選

許渾

金陵懷古

玉樹歌殘王氣終，景陽兵合戍樓空。楸梧遠近千官冢，禾黍高低六代宫。石燕拂雲晴亦雨，江豚吹浪夜還風。英雄一去豪華盡，惟有青山似洛中。

六朝建都金陵，至陳後主始滅，故以此發端。

咸陽城東樓

一上高樓萬里愁，蒹葭楊柳似汀洲。咸陽何地，而竟如汀洲耶？溪雲初起日沉閣，山雨欲來風滿樓。鳥下綠蕪秦苑夕，蟬鳴黄葉漢宫秋。行人莫問當年事，故國東來渭水流。

恐落弔古套語。少陵懷古詩，每章各有結束。

晨起白雲樓寄龍興江淮上人兼呈竇秀才

兹樓今是望鄉臺，鄉信全稀曉雁哀。山翠萬重當檻出，水光千里抱城來。東巖月在僧初定，南浦花殘客未回。欲弔靈均能賦否，秋風還有木蘭開。

朝臺送客

臺在廣州府城西，漢文帝遣陸賈使南粤，以誠感之，趙佗稱臣，因築朝臺。

趙佗西拜已登壇，馬援南征土宇寬。越國舊無唐印綬，蠻鄉今有漢衣冠。江雲帶日秋偏熱，海雨隨風夏亦寒。嶺北歸人莫回首，蓼花楓葉萬重灘。

俱着意朝臺，送客意只一點。

郊舍

自剪青莎織雨衣，南村烟火是柴扉。萊妻早報蒸藜熟，童子遥迎種豆歸。魚下碧潭當鏡躍，鳥還青嶂拂屏飛。花時未免人來往，欲買嚴光舊釣磯。

尚平多累自歸難，一日身閑一日安。山逕有雲收獵網，水門無月挂魚竿。花間酒氣春風遠，竹裏棋聲夜雨寒。三頃水田秋更熟，北窗誰拂舊塵冠。

卧病

寒窗燈盡月斜暉，佩馬朝天獨掩扉。清露已凋秦塞柳，白雲空長越山薇。病中送客難爲別，夢裏還家不當歸。惟有寄書書未得，卧聞燕雁向南飛。

意亦前人所有，而寫來獨新。

南海府罷南康阻淺，行侣稍稍登陸，主人燕餞至頻，暮宿東溪

暗灘水落漲虚沙，阻淺。灘去秦吴萬里賒。登陸。馬上折殘江北柳，燕餞。舟中開盡嶺南花。見留滯之久。離歌不斷如留客，歸夢初驚似到家。暮宿。山鳥一聲人未起，半牀春月在天涯。

晚自朝臺至韋隱居郊園

秋來皛雁下方塘，繫馬朝臺步夕陽。邨徑繞山松葉暗，柴門臨水稻花香。雲連海氣琴書潤，風帶潮聲枕簟凉。西下磻溪猶萬里，可能垂白待文王。

李遠

失鶴

秋風吹却九臯禽，一片閒雲萬里心。碧海有情應悵望，青天無路可追尋。來時白雪翎猶短，去日丹砂頂漸深。華表柱頭留後語，更無消息到如今。

贈寫御容李長史

玉座烟銷研水清，龍鬚不動彩毫輕。初分隆準山河秀，再點重瞳日月明。宫女卷簾皆暗認，侍臣開殿盡遥驚。三朝供奉應無敵，始覺僧繇浪得名。過譽。

東坡《贈寫御容妙善師》中云：『仰觀眩晃日生暈，但見曉色開扶桑。』又云：『野人不識日月角，仿佛尚記重瞳光。』與此詩正相表裏。後人揚蘇抑李，殊不必也。

雍陶

字國鈞，成都人。太和中進士，官至簡州刺史。嘗自比謝宣城，柳吴興、賓至，每不與接，人罕得見之。

塞路晴詩

晚虹斜日塞天昏，一半山川帶雨痕。新水亂侵青草路，殘烟猶傍緑楊邨。胡人羊馬休南牧，漢將旌旗在北門。行子喜聞無戰伐，閒看遊騎獵秋原。

項斯

送宫人入道

願隨仙女董雙成，王母前頭作伴行。初戴玉冠多誤拜，欲辭金殿别稱名。將敲碧落新齋磬，却進昭陽舊賜箏。旦暮焚香繞壇上，步虚猶作按歌聲。

此題唐人詩無佳者，此篇差勝。本朝汪太史琬詩有云：『顔逢鍊液重疑艷，身爲持齋轉覺輕。』雙關語妙。又云：『此生無復昭陽夢，猶爲君王夜祝釐。』傳出忠愛，過於前人矣。

薛　逢

開元後樂

莫奏開元舊樂章，樂中歌曲斷人腸。邠王玉笛三更咽，虢國金車十里香。一自犬戎生薊北，便從征戰老汾陽。中原駿馬搜求盡，沙苑年來草又芳。

送靈州田尚書

陰風獵獵滿旌竿，白草颼颼劍戟攢。九姓羌渾隨漢節，六州蕃落從戎鞍。霜中入塞琱弓響，月下翻營玉帳寒。今日路旁誰不指，穰苴門户慣登壇。

猶有盛唐人氣息。

漢武宫詞

武帝清齋夜築壇，自斟明水醮仙官。殿前童女移香案，庭際金人捧露盤。絳節有時還入夢，碧桃何處更驂鸞。茂陵烟雨埋冠劍，石馬無聲蔓草寒。

獨舉求仙一事言之。

趙嘏

長安夜雨

滯雨通宵又徹明，百憂如草雨中生。心關桂玉天難曉，運落風波夢亦驚。壓樹早鴉飛不散，到窗寒鼓濕無聲。當年志氣俱消盡，白髮新添四五莖。

長安月夜與友人話故山

宅邊秋水浸苔磯，日日持竿去不歸。楊柳風多潮未落，蒹葭霜冷雁初飛。重嘶匹馬吟紅葉，却聽疏鐘憶翠微。今夜秦城滿樓月，故人相見一沾衣。

長安秋望

雲物凄清拂曙流，漢家宮闕動高秋。殘星幾點雁横塞，長笛一聲人倚樓。紫艷半開籬菊静，紅衣落盡渚蓮愁。鱸魚正美不歸去，空戴南冠學楚囚。

杜紫薇賞長笛句，人因稱『趙倚樓』。

司空圖

字表聖，河中虞鄉人。咸通末進士，官禮部郎。僖宗行在，用爲知制誥、中書舍人。知天下必亂，歸隱中條山王官谷，預爲生壙，坐卧其中。乾寧間，以户、兵二部侍郎召，不起，還洛。後柳璨希、朱温意詔圖入朝，陽墮笏，丐歸。後聞哀宗被弑，不食而卒。

表聖論詩謂『妙在酸鹹之外』。本朝王尚書士正本此意，爲《唐賢三昧集》。

退棲

宦遊蕭索爲無能，移住中條最上層。得劍乍如添健僕，亡書久似憶良朋。燕昭不是空憐馬，支遁何妨亦愛鷹。自致此身繩檢外，肯教世路日凌兢。

『得劍』一聯當時藝林傳誦。

歸王官次年作

亂後燒殘滿架書，峰前猶自戀吾廬。忘機漸喜逢人少，缺粒空憐待鶴疏。孤嶼池痕春漲滿，小欄花韵午晴初。佳景佳句。酣歌自適逃名久，不必門多長者車。

李群玉

九子坂聞鷓鴣

落照蒼茫秋草明，鷓鴣啼處遠人行。正穿屈曲崎嶇路，九子坂。又聽鈎輈格磔聲。聞鷓鴣。曾泊桂江深岸雨，亦於梅嶺阻歸程。此時爲爾腸千斷，乞放今宵白髮生。

黄陵廟

小姑洲北浦雲邊，二女明妝共儼然。野廟向江春寂寂，古碑無字草芊芊。東風近墓吹芳芷，落日深山哭杜鵑。猶似含嚬望巡狩，九疑如黛隔湘川。舜葬九疑。

送李裴評事

塞垣從事識兵機，只擬平戎不擬歸。入夜笳聲驚白髮，報秋榆葉落征衣。城臨戰壘黄雲晚，馬渡寒沙夕照微。此别不應書斷絶，滿天霜雪有鴻飛。

皮日休

館娃宫懷古原注：在研石山，蓋以西施得名。

艷骨已成蘭麝土，宫墻依舊壓層崖。弩臺雨壞逢金鏃，香徑泥銷露玉釵。研沼只留豀鳥浴，屧廊空信野花埋。姑蘇麋鹿真閑事，須爲當時一愴懷。

劉 滄字藴靈，魯人。大中八年進士，官華陰令。

經煬帝行宫

此地曾經翠輦過，浮雲流水竟如何。香銷南國美人盡，怨入東風芳草多。煬帝後宫太多，終身不一見，有自經者。三、四暗用此意。殘柳宫前空露葉，夕陽川上浩烟波。行人遥起廣陵思，古渡月明聞棹歌。

懷古詩如《咸陽》《鄴都》《長洲》諸作，設色寫景，可以互相統易。《詩品》在許用晦下，惟此首稍見典切，餘韵猶存。

崔珏

字夢之，荆州人。大中中進士，爲淇縣令，有惠政，遷官侍御。

和友人鴛鴦之什

翠鬣紅毛舞夕暉，水禽情似此禽稀。暫分烟島猶回首，只渡寒塘亦並飛。映霧盡迷珠殿瓦，逐梭齊上玉人機。採蓮無限蘭橈女，笑指中流羨爾歸。

三、四寫情，五、六映襯，此次第法，不犯複也。以此詩得名，稱『崔鴛鴦』。

李頻

湘中送友人

中流欲暮見湘烟，岸葦無窮接楚天。去雁遠衝雲夢雪，離人獨上洞庭船。風波盡日依山轉，星漢通宵向水懸。零落梅花過殘臘，故園歸去又新年。

猶近大曆十子。

李山甫

字里未詳。咸通中數舉進士，被黜，依魏博幕府終。

公子家

唐代公子家之盛，詩人往往言之。如李義山之『外戚平羌第一功』，『七國三邊未到憂』之類是也。然郭令公宅未幾寥落，馬北平宅爲奉誠園，後人至爲乞丐矣，此又不可概論。

柳底花陰壓露塵，瑞烟輕罩一團春。鴛鴦占水能嗔客，鸚鵡嫌籠解駡人。騕褭似龍隨日換，輕盈如燕逐年新。不知買盡長安笑，活得蒼生幾户貧。

寒食

柳帶東風一向斜，春陰澹澹蔽人家。有時三點兩點雨，到處十枝五枝花。於不着力處見工。萬井樓臺疑繡畫，九原珠翠似烟霞。年年今日誰相問，獨卧長安泣歲華。

隨堤柳

曾傍龍舟拂翠華，至今凝恨倚天涯。但經春色還秋色，不覺楊家是李家。昔日古陰從北朽，逐波疏影向南斜。年年只有晴風便，遥爲雷塘送雪花。

李咸用

題王處士山居

雲木沉沉夏亦寒，此中幽隱幾經年。無多别業供王税，大半生涯在釣船。蜀魄叫迴芳草色，鷺鷥飛破夕陽烟。干戈蝟起能高卧，真箇逍遥是謫仙。

方　干

字雄飛，桐廬人。爲人質野，貌寢兔缺，見人設三拜，人呼爲「方三拜」，不與科名。身後，宰臣張文蔚奏文人不第者十五人，干與焉。皆追賜及第，門人私謚爲玄英先生。

自縉雲赴郡，溪流百里，輕棹一發，曾不崇朝，叙事四韵，寄獻段郎中

激箭溪湍勢莫憑，飄然一葉若爲乘。仰瞻青壁開天罅，斗轉寒灣避石稜。形容峭壁與峽中

相似。巢鳥夜驚離島樹，啼猿晝怯下嵒藤。此中明日尋知己，恐似龍門不易登。

旅次洋州寓居郝氏林亭

舉目縱然非我有，思量似在故山時。鶴盤遠勢投孤嶼，蟬曳殘聲過別枝。形與聲俱出。涼月照窗欹枕倦，澄泉遶石泛觴遲。青雲未得平行去，夢到江南身旅羈。結弱。

來　鵬

字未詳，豫章人。

宛陵送李明府罷任歸江州

菊花村晚雁來天，共把離杯向水邊。官滿便尋垂釣侶，家貧已用賣琴錢。浪生湓浦千層雪，雲起爐峰一炷烟。倘見吾鄉舊知己，爲言憔悴過年年。

高駢

字千里，崇文之孫，折節爲文學。懿宗朝歷官荆南節度觀察等使，廣明之亂，拜諸道兵馬都統，鎮揚州。懷二心，擁兵自固。好神仙，任呂用之諸人，政大亂，爲其將軍師鐸所殺。

和王昭符進士贈洞庭趙先生

爲愛君山景最靈，角冠秋禮一壇星。藥將雞犬雲間試，琴許魚龍月下聽。自要乘風隨羽客，誰同種玉驗仙經。烟霞寂寞無人到，惟有漁翁過洞庭。

章碣

孝標子，乾符中進士。

春别

擲下離觴指亂山，趨程不待鳳笙殘。花邊馬嚼金銜去，樓上人垂玉箸看。柳陌雖愁風裊裊，葱河猶自雪漫漫。殷勤莫厭貂裘重，恐犯三邊五月寒。結意温厚。

崔　塗字禮山，江南人，光啓四年進士。

春夕旅懷

水流花謝兩無情，送盡東風過楚城。蝴蝶夢中家萬里，杜鵑枝上月三更。故園書動經年絶，華髮春催兩鬢生。自是不歸歸便得，五湖烟景有誰爭。

李　郢字楚望。大中中進士，爲藩鎮從事，兼侍御史，後避亂嶺表。

江上逢羽林王將軍

虬鬚顛頟羽林郎，曾入甘泉侍武皇。雕没夜雲知御苑，承入侍。馬隨仙仗識天香。五湖歸去孤舟月，六國平來兩鬢霜。承顛頟。唯有桓伊江上笛，卧吹三弄送殘陽。末點江上送人。

五湖句比范蠡，六國句比王翦。

上裴晉公

四朝憂國鬢如絲，龍馬精神海鶴姿。天上玉書傳詔夜，陣前金甲受降時。曾經庾亮三秋月，下盡羊曇兩路棋。惆悵舊堂扃綠野，夕陽無限鳥飛遲。

晉公後不得於君，故望其歸田，玩末二句可見。

江亭春霽

江籬漠漠荇田田，江上雲亭霽景鮮。蜀客帆檣背歸燕，楚山花木怨啼鵑。春風掩映千門柳，曉色淒涼萬井烟。金磬泠泠水南寺，上方僧室翠微連。

鄭谷

字若愚，袁州人。父與司空圖同官，幼年，圖見而奇之，嘗撫其背曰：『當爲一代風騷主！』光啓二年登第，歷都官郎中，詩名盛於時，人多傳諷，號爲『鄭都官』而弗名也。

漂泊

槿墜蓮疏池館清，日光風緒淡無情。鱸魚斫鱠輸張翰，橘樹呼奴羡李衡。十口飄零猶寄食，兩川消息未休兵。黄花催促重陽酒，何處登高望二京。

少華甘露寺

石門蘿逕與天鄰，雨檜風篁遠近聞。飲澗鹿喧雙派水，上樓僧踏一梯雲。名句。孤烟薄暮關城没，遠色初晴渭曲分。長欲燃燈來此宿，北林猿鶴舊同群。

鷓鴣

暖戲烟蕪錦翼齊，品流應得近山雞。雨昏青草湖邊過，花落黄陵廟裏啼。遊子乍聞征袖濕，佳人纔唱翠眉低。相呼相唤湘江曲，苦竹叢深春日西。

咏物詩刻露不如神韻！三、四語勝於鈎輈格磔也。詩家稱『鄭鷓鴣』以此。

羅隱

羅隱字昭諫，新登人。本名横，十上不中第，乃更名。從事湖南，歷淮、潤，皆不遇。久之，投錢鏐，累官著作佐郎，奏授司勳郎。時梁以錢鏐爲吴越王，隱説鏐討梁，曰：『縱無成功，猶可退保杭越，奈何交臂事賊，爲終古之羞乎？』鏐始疑隱不遇於唐必有怨心，及聞其言，雖不能用，心甚義之。

曲江春感

江頭日暖花又開，江東行客心悠哉。高陽酒徒半凋落，終南山色空崔嵬。聖代也知無棄物，侯門未必用非才。一船明月一竿竹，家住五湖歸去來。

憶九華故居

九華巉崒蔭柴扉，長憶前時此息機。黄菊倚風邨酒熟，緑蒲低雨釣船歸。江鄉景如繢。干戈已是三年別，塵土郵堪萬事違。回首佳期恨多少，夜闌霜露又沾衣。

登夏州城樓即今榆林郡地。

寒聲獵獵戍旗風，獨倚危欄悵望中。萬里山川唐土地，千年魂魄晋英雄。離心不忍聽邊馬，往事應須問塞鴻。好脱儒冠從校尉，一枝長戟六鈞弓。

唐末昭諫詩猶稜稜有骨。

綿谷迴寄蔡氏昆仲

一年兩度錦江遊，前值東風後值秋。芳草有情皆礙馬，好雲無處不遮樓。山將别恨和心斷，水帶離聲入夢流。今日因君試回首，澹烟喬木隔綿州。

杏花

暖觸衣襟漠漠香，間梅遮柳不勝芳。數枝艷拂文君酒，半里紅欹宋玉墻。盡日無人疑悵望，有時經雨乍淒涼。舊山山下還如此，迴首東風一斷腸。

牡丹

艷多烟重欲開難，紅蘂當心一抹檀。公子醉歸燈下見，美人朝插鏡中看。當庭始覺春風貴，帶雨方知國色寒。日晚更將何所似，太真無力凭欄干。

唐人牡丹詩每失之浮膩淺薄，然如羅鄴之『看到子孫能幾家』，又索然興盡矣。獨存此篇，尚近雅音。

中元夜泊淮口

木葉迴飄水面平，偶停孤棹已三更。秋涼霧露侵燈下，夜靜魚龍逼岸行。欹枕正牽題柱思，隔樓誰轉遶梁聲。錦帆天子狂魂魄，應過揚州看月明。

崔　峒

未詳。

贈同官李明府

訟堂寂寂對烟霞，五柳門前聚曉鴉。流水聲中視公事，寒山影裏見人家。觀風競美新爲政，計日還知舊觸邪。可惜陶潛無限酒，不逢籬菊正開花。

吴　融

字子華，越州山陰人。龍紀初成進士，韋昭度討蜀，表掌書記。昭宗反正，群臣稱賀，融最先至。於時左右驩駭，帝有指授，叠十許稿，融跪作詔，語當意詳，帝咨賞，進户部侍郎。鳳翔劫遷，融不克從，去客閿鄉。俄召還，遷翰林承旨，卒。

即事

抵鵲山前寄掩扉，便甘終老脱朝衣。曉窺清鏡千峰入，暮倚長松獨鶴歸。雲裏引來泉脈細，雨中移得藥苗肥。何須一筯鱸魚膾，始挂孤帆問釣磯。

春歸次金陵

春陰漠漠覆江城，南國歸橈趁晚程。水上驛流初過雨，樹籠堤處不離鶯。迹疏冠蓋兼無夢，地近鄉園自有情。更被東風動離思，楊花千里雪中行。

韓偓

字致堯，京兆萬年人。龍紀元年進士，累官中書舍人。劉季述之變，佐崔胤反正，爲功臣，隨幸岐下，遷兵部侍郎，進承旨，上欲用爲相，力辭，薦趙崇自代。忤朱全忠，貶濮州司馬。上與泣別，偓曰：『是人非向來之比，臣得貶死爲幸，不忍見篡弒之辱。』及昭宗被弒，挈族依王審知以終。偓少歲喜爲香奩詩，後一歸節義，得《風雅》之正焉。

春盡

惜春連日醉昏昏，醒後衣裳見酒痕。細水浮花歸別浦，斷雲含雨入孤邨。人閑易得芳時恨，地勝難招自古魂。慚愧流鶯相厚意，清晨猶爲到西園。

中秋禁直

星斗疏明禁漏殘，紫泥封後獨凭欄。露和玉屑金盤冷，月射珠光貝闕寒。天襯樓臺籠苑外，風吹歌管下雲端。長卿秪爲《長門賦》，未識君臣際會難。

安貧

手疲慵展八行書，眼暗休尋九局圖。窗裏日光飛野馬，按頭篘管長蒲盧。即螟蛉虫。謀身拙爲安蛇足，報國危曾捋虎鬚。舉世可能無默識，未知誰擬試齊竽。

韋莊

柳谷道中作却寄

馬前紅葉正紛紛，馬上離情欲斷魂。曉發獨辭殘月店，暮程遥宿隔雲村。心如岳色留秦地，夢逐河聲出禹門。莫怪苦吟鞭拂地，有誰傾蓋待王孫。

贈邊將

曾因征遠向金微，馬出榆關一鳥飛。萬里只携孤劍去，十年空逐塞鴻歸。手招都護新降虜，身著文皇舊賜衣。只待烟塵報天子，滿頭霜雪爲兵機。『只待』二字，語病。

綏州作州屬延安府，即秦太子扶蘇監軍處。

雕陰無樹水難流，雉堞連雲古帝州。帶雨晚駝鳴遠戍，望鄉孤客倚高樓。明妃去日花應笑，蔡琰歸時鬢已秋。一曲單于暮烽起，扶蘇城上月如鈎。

思歸

暖絲無力自悠揚，牽引東風斷客腸。外地見花終寂寞，異鄉聞樂更凄凉。紅垂野岸櫻還熟，緑染迴汀草又芳。舊里若爲歸去好，子期凋謝吕安亡。

立春

青帝東來日馭遲，暖烟輕逐曉風吹。罽袍公子樽前覺，錦帳佳人夢裏知。以氣相感也。雪圃乍開紅菜甲，綵幡新翦緑楊絲。殷勤爲作宜春曲，題向花箋帖繡楣。

長安清明

早是傷春夢雨天，可堪芳草更芊芊。内官初賜清明火，上相閒分白打錢。蹴踘戲爲白打。
紫陌亂嘶紅叱撥，緑楊高映畫秋千。遊人記得承平事，暗喜風光似昔年。

和同年韋學士華下途中見寄

緑楊城郭雨凄凄，過盡千輪與萬蹄。送我獨遊三蜀路，羡君新上九霄梯。馬驚門外山如活，
花笑尊前客似泥。正是清和好時節，不堪離恨劍門西。

憶昔

昔年曾向五陵遊，午夜清歌月滿樓。銀燭樹前長似晝，露桃花下不知秋。西園公子名無忌，
南國佳人字莫愁。今日亂離俱是夢，夕陽唯見水東流。

此詩時遘亂離，追憶昔時而作。極風美流發，惟第五語『西園公子』或指陳思，然與魏無忌、長孫無忌俱不相合，不免有湊句之病。

陪金陵府相中堂夜宴

滿耳笙歌滿眼花，滿樓珠翠勝吳娃。因知海上神仙窟，只似人間富貴家。繡户夜攢紅燭市，舞衣晴曳碧天霞。却愁宴罷青娥散，楊子江頭月半斜。

只是説人間富貴幾如海上神仙，一用倒説，頓然换境。

劉威

未詳。

遊東湖王處士園林

偶向東湖更向東，數聲雞犬翠微中。遥知楊柳是門處，似隔芙蓉無路通。樵客出來山帶雨，漁舟過去水生風。物情多與閒相稱，所恨求安計不同。

秦韜玉

字仲明，京兆人。爲田令孜神策判官，中和二年得準敕及第。

貧女

蓬門未識綺羅香，擬托良媒益自傷。誰愛風流高格調，共憐時世儉梳妝。敢將十指誇纖巧，不把雙眉鬥畫長。每恨年年壓金綫，爲他人作嫁衣裳。

語語爲貧士寫照。

春雪

雲重寒空思寂寥，玉塵如糝滿春朝，片纔著地輕輕陷，力不禁風旋旋銷。惹砌任他香粉妒，縈叢自學小梅嬌。誰家醉卷珠簾看，弦管堂深暖易調。

曹唐

字堯賓，桂州人。初爲道士，後舉進士不第，爲使府從事。

病馬

緑耳何年別渥洼，病來顔色半塵沙。四蹄不鑿金砧裂，雙眼慵開玉筯斜。墮月兔毛乾觳觫，失雲龍骨瘦查牙。平原好放無人放，嘶向秋風苜蓿花。

壠上沙葱葉正齊，騰黄猶自跼羸蹄。尾蟠夜雨紅絲脆，頭掉秋風白練低。力憊未思金絡腦，影寒空望錦障泥。階前莫怪垂雙淚，不遇孫陽不敢嘶。

張蠙

錢唐夜宴留別郡守

四方騷動一州安，夜列樽罍伴客歡。錢氏不用兵，故錢唐獨安。箄箕調高山閣迥，蝦蟆更促海濤寒。夜宴。屏間佩響藏歌妓，幕外刀光立從官。沉醉不愁歸棹遠，晚風吹上子陵灘。

夏日題老將林亭

百戰功成翻愛静，侯門漸欲似仙家。墻頭細雨垂纖草，水面迴風聚落花。井放轆轤閒浸酒，籠開鸚鵡報煎茶。幾人圖在凌烟閣，曾不交鋒向塞沙。

晚唐佳句，如『綠楊花撲一溪烟』『芰荷翻雨潑鴛鴦』，皆近小樣，惟『水面迴風聚落花』歸於自然，宜王衍與徐后見其詩而欲官之也。

譚用之

字藏用，《唐·藝文志》有譚藏用詩一卷，里居出處未詳。

秋宿湘江遇雨

江上陰雲鎖夢魂，江邊深夜舞劉琨。秋風萬里芙蓉國，暮雨千家薜荔村。鄉思不堪悲橘柚，旅遊誰肯重王孫。漁人相見不相問，長笛一聲歸島門。

張　泌

秋晚過洞庭

征帆初挂酒初酣，暮景離情兩不堪。千里晚霞雲夢北，一洲霜橘洞庭南。溪風送雨過秋寺，磵石驚瀧落夜潭。莫把羈魂弔湘魄，九疑愁絶鎖烟嵐。

洞庭阻風

空江浩蕩景蕭然，盡日菰蒲泊釣船。青草浪高三月渡，緑楊花撲一溪烟。情多莫舉傷春目，愁極兼無買酒錢。猶有漁人數家住，不成邨落夕陽邊。

夜泊洞庭湖邊港汊，故有『緑楊花撲一溪烟』句，否則風景全不合矣，玩末句自明。

王仁裕

字德輦，天水人。歷仕後唐、晋、漢三代，長樂老人之亞也。

放猿原注：仁裕從事漢中，有獻小猿者，憐其黠慧，育之，名曰野賓。經年壯大，跳躑頗爲患，繫紅綃於頸，題詩送之。

放爾丁寧復故林，舊來行處好追尋。月明巫峽堪憐静，路隔巴山莫厭深。棲宿免勞青嶂夢，躋攀應愜白雲心。三秋松子纍纍熟，任抱高枝採不禁。

遇所放猿作原注：仁裕罷職入蜀，行次漢江壖嶓冢廟前，見一巨猿，舍群而前，於道畔古木間垂身下顧，紅綃宛在。以『野賓』呼之，聲聲如應。立馬移時，不覺惻然，遂繼題一篇云。

嶓冢祠前漢水濱，飲猿連臂下嶙峋。漸來子細窺行客，認得依稀是野賓。月宿縱勞羈紲夢，松餐非復稻粱身。數聲腸斷和雲叫，識是前時舊主人。

沈 彬字子文，高安人。《宋・藝文志》有《閒居集》十卷。

塞下

塞葉聲悲秋欲霜，寒山數點下牛羊。映霞旅雁隨疏雨，向磧行人帶夕陽。邊騎不來沙路失，國恩深後海城荒。胡兒向化新成長，猶自千回問漢王。

塞下詩防其粗豪，此首最見品格。

下半説武備廢弛，胡人窺伺，而措語婉曲，於唐末得之，尤爲僅見。

入塞

苦戰身經刀箭痕，戍樓獨上望星文。生希沙漠禽驕虜，死奪河源答聖君。鳶覷敗兵横白草，馬驚邊鬼哭陰雲。功多地遠無人紀，漢閣笙歌日又曛。

重訂唐詩别裁集卷十七

長洲沈德潛歸愚選

五言長律

玄宗皇帝

太宗、高宗俱有長律，然音節未能諧和，故以明皇爲冠。

早渡蒲關

鐘鼓嚴更曙，山河野望通。鳴鑾下蒲坂，飛旆入秦中。地險關逾壯，天平鎮尚雄。春來津樹合，月落戍樓空。馬色分朝景，雞聲逐曉風。寫曉景，無刻畫痕。所希常道泰，非復棄繻同。

詩之長律，自顔、謝諸公開出，至唐始盛。初只六韵，後增至入〔一〕韵，少陵增至百韵，又此體中變體也。王介甫選唐詩，以此篇壓卷。

早登太行山中言志

清蹕度河陽，凝笳上太行。以下六句寫早登。火龍明鳥道，鐵騎遶羊腸。白霧埋陰壑，丹霞助曉光。澗泉含宿凍，山木帶餘霜。野老茀爲室，樵人薜作裳。宣風問耆艾，敦俗勸耕桑。此言志。涼德慚先哲，徽猷慕昔皇。不因今展義，何以冒垂堂。

南出雀鼠谷答張説

雷出應乾象，風行順國人。川途猶在晋，車馬漸歸秦。背陝關山險，横汾鼓吹頻。草依陽谷變，花待北巖春。聞有鵷鸞客，清詞雅調新。求音思欲報，心迹竟難陳。

左丞相説、右丞相璟、太子少傅乾曜，同日上官，命宴東堂賜詩

赤帝收三傑，黄軒舉二臣。風后、力牧。由來丞相重，分掌國之鈞。我有握中璧，雙飛席上

〔一〕入，應爲『八』。

珍。子房推道要，張説。仲子訝風神。宋璟。復輟台衡老，源乾曜。將爲調護人。太子少傅。鵷鸞同拜日，車騎擁行塵。樂聚南宫宴，觴連北斗醇。俾余成百揆，垂拱問彝倫。總收。

春晚宴兩相及禮官麗正殿學士探得風字

乾道運無窮，恒將人代工。陰陽調曆象，兩相。禮樂報元穹。禮官。介胄清荒外，陪句。衣冠佐域中。學士。言談延國輔，詞賦引文雄。野霽伊川緑，郊明鞏樹紅。冕旒多暇景，詩酒會春風。

楊　炯

送劉校書從軍

天將下三宫，星門召五戎。坐謀資廟略，飛檄佇文雄。赤土流星劍，烏號明月弓。秋陰生蜀道，殺氣繞湟中。風雨何年别，入送意。琴尊此日同。離亭不可望，溝水自西東。

盧照鄰

西使兼送孟學士南遊

地道巴陵北，學士南遊。天山弱水東。自己西使。相看萬餘里，共倚一征蓬。零雨悲王粲，清尊别孔融。徘徊聞夜鶴，悵望待秋鴻。骨肉胡秦外，言不相關。風塵關塞中。唯餘劍鋒在，耿耿氣成虹。

『零雨被秋草』，本孫楚詩，王粲無『零雨』句也。豈沈約有『仲宣《灞岸》之篇，子荆《零雨》之章』等語，故偶誤用耶？

前人但賞其起語雄渾，須看一氣承接不平，實不板滯，後太白每有此種格法。

駱賓王

晚泊蒲類

二庭歸望斷，萬里客心愁。山路猶南屬，河源自北流。晚風連朔氣，新月照邊秋。竈火通軍壁，烽烟上戍樓。龍庭但苦戰，燕頷會封侯。莫作蘭山下，李陵敗於此，即皋蘭山。空令漢國羞。

二庭，即南庭、北庭，復用龍庭，亦病。

靈隱寺

此即今之韜光寺也，後移靈隱於山下，若今之靈隱，能觀海日、對江潮乎？

此詩駱賓王、宋之問集中皆載，好事者撰出：宋賦起二句，下窘於才，有老僧續下二句，乃賓王也。愚意但取其詩，或駱、或宋，皆可。好事者説之牴牾，不足與辨。

鷲嶺鬱岧嶤，龍宫鎖寂寥。樓觀滄海日，門對浙江潮。桂子月中落，天香雲外飄。捫蘿登塔遠，刳木取泉遥。霜薄花更發，冰輕葉互凋。夙齡尚遐異，披對滌煩囂。待入天台路，看余度石橋。

楊師道《還山宅》五韵，此篇七韵，初唐有之。後人用偶不用奇，乃見正格。

宿温城望軍營

虜地寒膠折，邊城夜柝聞。兵符關帝闕，天策動將軍。塞静胡笳徹，沙明楚練分。風旍翻翼影，霜劍轉龍文。白羽摇如月，青山斷若雲。烟疏疑卷幔，塵滅似銷氛。投筆懷班業，臨戎想顧勳。還應雪漢耻，持此報明君。

顧勳，謂顧榮揮扇破廣陵，相陳敏軍事。

盧　僎

上幸皇太子新院應制

佳氣曉葱葱，乾行入震宮。前星迎北極，少海被南風。視膳銅樓下，吹笙玉座中。訓深家以政，義舉俗爲公。父子成釗合，君臣禹啓同。仰天歌聖道，猶愧乏雕蟲。

禹之傳子，即是傳賢，故云『君臣』。

陳子昂

白帝懷古

日落滄江晚，停橈問土風。城臨巴子國，臺没漢王宫。荒服仍周甸，深山尚禹功。巖懸青壁斷，地險碧流通。古木生雲際，歸帆出霧中。川途去無限，客思坐何窮。

峴山懷古

秣馬臨荒甸，登高覽舊都。猶悲墮淚碣，尚想卧龍圖。城邑遥分楚，山川半入吴。邱陵徒自出，賢聖幾凋枯。野樹蒼烟斷，津樓晚氣孤。誰知萬里客，懷古正踟蹰。

西王母《白雲謡》：『白雲在天，邱陵自出。』

杜審言

贈蘇味道

北地寒應苦，南庭戍不歸。邊聲亂羌笛，朔氣捲戎衣。雨雪關山暗，風霜草木稀。胡兵戰欲盡，漢卒尚重圍。雲净妖星落，秋高塞馬肥。據鞍雄劍動，摇筆羽書飛。輿駕還京邑，朋遊滿帝畿。指乘輿還京，朋舊皆集。方期來獻凱，歌舞共春暉。

度石門山

石門千仞斷，迸水落遥空。道束懸崖半，橋欹絶澗中。仰攀人屢息，直下騎纔通。泥擁奔蛇徑，雲埋伏獸叢。星躔牛斗北，地脉象牙東。關塞隨行變，高深觸望同。江聲連驟雨，日氣抱殘虹。未改朱明律，先含白露風。堅貞深不憚，險澀諒難窮。有异登臨賞，徒爲造化功。

沈佺期

酬蘇員外味元夏晚寓直省中見贈

並命登仙閣，通宵直禮闈。大官供宿膳，侍史護朝衣。卷幔天河入，開窗月露微。小池殘暑退，省中應有小池。高樹早凉歸。冠劍無時釋，軒車待漏飛。明朝題漢柱，三署有光輝。

同韋舍人早朝

閶闔連雲起，巖廊拂霧開。玉珂龍影度，珠履雁行來。長樂宵鐘盡，明光曉奏催。一經傳舊德，五字擢英材。儼若神仙去，紛從霄漢回。千春奉休歷，分禁喜趨陪。

司馬景王命虞松作表，再呈，不可意，令松更定，竭思不能改。鍾會爲定五字，景王曰：「王佐才也！」

宋之問

奉和幸長安故城未央宮應制

漢之故都。

漢皇未息戰，蕭相乃營宫。壯麗一朝盡，威靈千載空。皇明悵前迹，置酒宴群公。寒輕綵仗外，春發幔城中。樂思迴斜日，魯陽揮戈事。歌詞繼大風。今朝天子貴，不假叔孫通。

恰好作結。

奉和晦日幸昆明池應制

「不愁明月盡」，以巧思勝，此以冠冕典切勝，今人但尚巧思耳。

春豫靈池會，滄波帳殿開。舟凌石鯨度，槎拂斗牛迴。節晦蓂全落，合下句看，是正月晦日。春遲柳暗催。象溟看浴景，燒劫辨沉灰。鎬飲周文樂，鎬飲本武王。汾歌漢武才。不愁明月盡，自有夜珠來。巧思。

中宗於正月晦日幸昆明池，集群臣賦詩，命上官昭容選一篇爲新曲。群臣集樓下，須臾，落紙如飛，惟沈宋二詩不下。移時，一紙飛墮，乃沈詩也。閱其評云：『二詩工力悉敵，沈詩落句詞氣已竭，宋猶健舉耳！』

漢武於昆明池放帶索銜鈎之魚，後得明珠一雙。帝曰：『豈昔魚之報耶？』

早發始興江口至虚氏村作

候曉逾閩嶂，乘春望越臺。宿雲鵬際落，殘月蚌中開。薜荔摇青氣，桄榔翳碧苔。桂香多露裛，石響細泉回。抱葉元猨嘯，銜花翡翠來。南中雖可悦，承上轉下。北思日悠哉。鬒髮俄成素，丹心已作灰。何當首歸路，行剪故園萊。

此應謫官時作。

登粤王臺南越王趙佗所築。

江上粤王臺，登高望幾回。南溟天外合，北户日邊開。地濕烟常起，山晴雨半來。冬花採盧橘，夏果摘楊梅。迹類虞翻枉，人非賈誼才。歸心不可見，白髮重相催。虞仲翔以直諫謫，故云『枉』，延清黨邪而斥，豈可同日語耶？

蘇頲

奉和聖製途次舊居

潞國臨淄邸，天王別駕輿。出潛離隱際，小往大來初。東陸行春典，南陽即舊居。約川星罕駐，扶道日旂舒。雲覆連行在，風回助掃除。木行城邑望，皋落土田疏。昔試邦興后，今過俗徯予。示威寧校獵，崇讓不陳漁。府吏趨宸扆，鄉耆捧帝車。帳傾三飲處，閑整六飛餘。盛業銘汾鼎，昌期應洛書。願陪歌賦末，留比蜀相如。語語是帝王舊居，點化經言，冠冕正大。

御箭連中雙兔試帖。

宸遊經上苑，羽獵向閑田。狡兔初迷窟，纖纚詎著鞭。三驅仍百步，一發遂雙連。典切。影射含霜草，魂銷向月弦。歡聲動寒木，喜氣滿晴天。那似陳王意，空垂樂府篇。

奉和聖製答張說出雀鼠谷

雨施巡方罷，雲從訓俗迴。密途汾水衛，清蹕晉郊陪。寒著山邊盡，春當日下來。御祠元鳥應，仙仗綠雲開。作頌音傳雅，觀文色動台。更知西向樂，宸藻協鹽梅。

同餞楊將軍兼原州都督御史中丞

右地接龜沙，龜茲流沙。中朝任虎牙。然明方改俗，去病不爲家。將禮登壇盛，軍容出塞華。朔風摇漢鼓，振也。邊月思胡笳。旗合無邀正，冠危有觸邪。當看勞旋日，及此御溝花。後漢張奐，字然明，桓靈間三爲大將，正身潔己，威化大行。

結用《出車》詩末章意。

張　説

奉和聖製途經華山

西岳鎮皇京，中峰入太清。玉鑾重嶺應，緹騎薄雲迎。白日懸高掌，巨靈掌劈華山。寒空映削成。軒遊會神處，漢幸望仙情。望仙臺在華陰縣。舊廟青林古，新碑綠字生。群臣原封岱，迴駕勒鴻名。

末言封禪泰山後當勒銘於華山也，時説勸帝東封泰山，故云。

奉和聖製暇日與兄弟同遊興慶宫作應制

漢武横汾日，周王宴鎬年。何如造區夏，復此睦親賢。巢鳳新成闕，飛龍舊躍泉。棣華歌尚在，桐葉戲仍傳。禁籞氛埃隔，平臺景物連。聖慈良有裕，王道固無偏。問俗兆人阜，觀風五教宣。獻圖開益地，張樂奏鈞天。侍酒衢尊滿，詢芻諫鼓懸。永言形友愛，萬國共周旋。

運題有法，立言得體。

將赴朔方軍應制

禮樂逢明主，韜鈐用老臣。恭憑神武策，遠静鬼方人。莊重。供帳恩榮餞，山川喜詔巡。天文日月送，朝賦管絃新。幼志傳三略，衰材謝六鈞。膽猶忠作屏，心故道爲鄰。漢保河南地，胡清塞北塵。連年大軍後，不日小康辰。劍舞輕離别，歌酣忘苦辛。從來思博望，許國不謀身。以張騫自比，立言有體。

張九齡

奉和聖製早度蒲關

魏武中流處，軒皇問道迴。是堤春樹發，高掌曙雲開。龍負王舟渡，人占仙氣來。尹喜知老子將過，望氣知之。河津會日月，天仗役風雷。東顧重關盡，西馳萬國陪。還聞股肱郡，元首咏康哉。

奉和聖製送尚書燕國公説赴朔方軍

宗臣事有征，廟算在休兵。天與三台座，人當萬里城。聳拔。朔南方偃革，河右暫揚旌。寵錫從仙禁，光華出漢京。山川勤遠略，原隰軫皇情。爲奏薰琴倡，仍題珤劍名。即寶字。聞風六郡勇，計日五戎平。西方之戎有五。山甫歸應疾，留侯功復成。歌鐘旋可望，枕席豈難行。四牡何時入，吾君聽履聲。

《漢書》：何參位冠群后，爲一代之宗臣。宗，猶尊也。

自始興豁夜上赴嶺

嘗蓄名山意，兹爲世網牽。征途屢及此，初服已非然。日落青巖際，豁行緑篠邊。去舟乘月後，歸鳥息人前。數曲迷幽嶂，連圻觸暗泉。深林風緒結，遥夜客情懸。非梗胡爲泛，無膏亦自煎。不知于役者，相樂在何年。

同綦母學士月夜聞雁

棲宿豈無意，飛飛更遠尋。長途未及半，中夜有遺音。月思關山笛，風號流水琴。空聲兩相應，幽感一何深。避繳歸南浦，離群叫北林。聯翩俱不定，憐爾越鄉心。

張子容

長安早春試帖。

開國移東井，長安，秦地是爲東井。方城啓北辰。咸歡太平日，共樂建寅春。雪盡黄山樹，冰開黑水津。草迎金埒馬，花待玉樓人。寫早春妍麗。鴻漸看無數，鶯遷聽轉頻。何當桂枝擢，還及柳條新。

鄭愔

字文靖，滄州人。年十七成進士，附張昌宗、易之，薦爲殿中侍御史。又附武三思，遷吏部侍郎。後預譙王重福謀，伏誅。

塞外二首

塞外蕭條望，征人此路賒。邊聲亂朔馬，秋引動胡笳。遥障侵歸日，長城帶晚霞。斷蓬飛古戍，連雁聚寒沙。海暗雲無葉，山春雪作花。丈夫期報主，萬里獨歸家。

陽烏南飛夜，陰山北地寒。漢家征戍客，年歲在樓蘭。玉塞朔風起，金河秋月團。邊聲入鼓吹，霜氣下旌竿。海外歸書斷，天涯旅鬢殘。子卿猶奉使，恒向節旄看。

知子卿奉使之忠，而品偏穢濁，言之不足定人也。

宋　璟

邢州人，耿介有大節。成進士，累遷鳳閣舍人。武后敬禮之，拜黄門侍郎。睿宗時，用中書門下三品。開元中，繼姚崇爲相，崇以才、璟以節。封廣平公，以右丞相致仕，卒，謚文正。

奉和御製璟與張説源乾曜同日上官命宴都堂賜詩一首應制

丞相邦之重，非賢諒不居。老臣庸且憊，何德以當諸。長律中散行，一聯倍見力量。厚秩先爲忝，崇班復此除。太常陳禮樂，中掖降簪裾。聖酒江河潤，仙文象緯舒。冒恩懷寵錫，陳力省空虚。郭隗慚無駿，馮諼愧有魚。不知周勃者，榮幸定何如。以厚重少文自況。

《本傳》：開元十七年，璟爲尚書右丞相，張説爲左丞相，源乾曜爲太子少傅。同日詔，大官設宴、太常奏樂，會百官於尚書省東堂，帝賦《三傑詩》以賜。

徐堅

字元固，湖州人。聖曆中爲東都留守判官，預脩《三教珠英》，遷司封員外郎。開元中，爲集賢院學士，封東海郡公。

奉和聖製送張説巡邊

至德撫遐荒，神兵赴朔方。帝思元帥重，爰擇股肱良。燕許曲江諸公，入手無不高聳，元固亦然。累相承安世，深籌協子房。寄崇專斧鉞，禮備設壇場。鼙鼓喧雷電，戈殳凛雪霜。四騑將戒道，十乘啓先行。聖錫加恒數，聖製。天文耀寵光。出郊開帳飲，送意。寅餞盛離章。雨濯梅林潤，風清麥野凉。燕山應勒頌，麟閣佇名揚。

常理

未詳。

古別離

君御狐白裘，妾居緗綺幬。粟鈿金夾膝，花錯玉搔頭。離別生庭草，征衣斷戍樓。蠨蛸網清曙，菡萏落紅秋。小膽空房怯，長眉滿鏡愁。體貼至此。爲傳兒女意，不用遠封侯。比『悔教夫婿覓封侯』温厚。

比薛道衛〔一〕『空梁落燕泥』之作，似又過之。

王　維

奉和聖製上巳於望春亭觀禊飲應制

長樂青門外，宜春小苑東。樓開萬户上，輦過百花中。畫鷁移仙仗，金貂列上公。清歌邀落日，妙舞向春風。渭水明秦甸，黄山入漢宫。君王來祓禊，灞滻亦朝宗。宗，借二冬韵。

奉和聖製與太子諸王三月三日龍池春禊應制

故事修春禊，新宫展豫遊。明君移鳳輦，太子出龍樓。賦掩陳王作，杯如洛水流。金人來捧劍，畫鷁去迴舟。苑樹浮宫闕，天池照冕旒。宸章在雲漢，垂象滿皇州。

〔一〕衛，刻寫誤，應爲衡。

奉和聖製暮春送朝集使歸郡應制

萬國仰宗周，衣冠拜冕旒。叶平聲。玉乘迎大客，金節送諸侯。祖席傾三省，褰帷向九州。楊花飛上路，槐色蔭通溝。來預鈞天樂，歸分漢主憂。宸章類河漢，垂象滿中州。

春日直門下省早朝

騎省直明光，雞鳴謁建章。遥聞侍中佩，闇識令公香。二語見未辨色。玉漏隨銅史，天書拜夕郎。旌旗映閶闔，歌吹滿昭陽。官舍梅初紫，宫門柳欲黄。願將遲日意，同與聖恩長。

送李太守赴上洛

商山包楚鄧，積翠藹沉沉。驛路飛泉灑，關門落照深。野華開古戍，行客響空林。板屋春多雨，山城晝欲陰。丹泉通虢略，白羽抵荆岑。若見西山爽，應知黄綺心。

似欲諷其歸意。

曉行巴峽

際曉投巴峽，餘春憶帝京。晴江一女浣，朝日衆禽鳴。水國舟中市，山橋樹杪行。即棧道。

登高萬井出，眺迥二流明。成都有二江雙流。人作殊方語，鶯爲舊國聲。賴多山水趣，稍解別離情。

送秘書晁監還日本

積水不可極，安知滄海東。九州何處遠，萬里若乘空。向國唯看日，歸帆但信風。鰲身映天黑，魚眼射波紅。鄉樹扶桑外，主人孤島中。別離方異域，音信若爲通。

姚合《極玄集》以此詩壓卷。

遊感化寺

翡翠香烟合，琉璃寶殿平。龍宫連棟宇，虎穴傍簷楹。谷静惟松響，山深無鳥聲。瓊峰當户折，金澗透林明。郢路雲端迥，秦川雨外清。雁王銜果獻，鹿女踏花行。以下説己之遊。抖擻辭貧里，歸依宿化城。遶籬生野蕨，空館發山櫻。香飯青菰米，嘉蔬緑笋羹。誓陪清梵末，端坐學無生。

過沈居士山居哭之

楊朱來此哭，桑扈返於真。獨自成千古，依然舊四鄰。閒簷喧鳥雀，故榻滿埃塵。曙月孤鶯囀，空山五柳春。野花愁對客，泉水咽迎人。善卷明時隱，善卷本平聲，亦可仄用。黔婁在日貧。

逝川嗟爾命，丘井歎吾身。前後徒言隔，相思詎幾晨。

《高士傳》：舜以天下讓善卷，卷曰：『吾何以天下爲哉？』

邱井，用佛語，猶言空井。

奉和聖製幸玉霄公主山莊因題石壁十韻之作應制

碧落風烟外，瑶臺道路賒。如何連帝苑，別自有仙家。比地迴鑾駕，緣溪轉翠華。易地上有水。比，言相比，無間也。近本譌作『此地』。洞中開日月，窗裏發雲霞。庭養冲天鶴，溪留上漢槎。種田生白玉，泥竈化丹砂。谷静泉逾響，山深日易斜。御羹和石髓，香飯進胡麻。大道今無外，長生詎有涯。還瞻九霄上，來往五雲車。

公主辭主第而就山莊，應志在求仙者。

孟浩然

西山尋辛諤

漾舟尋水便，因訪故人居。落日清川裏，誰言獨羨魚。石潭窺洞徹，沙岸歷紆餘。竹嶼見垂釣，茅齋聞讀書。款言忘景夕，清興屬凉初。回也一瓢飲，賢哉常晏如。

高適

送柴司户充劉卿判官之嶺外

嶺外資雄鎮，朝端寵節旄。月卿臨幕府，卿士惟月指劉。星使出詞曹。司户。海對羊城闊，山連象郡高。風霜驅瘴癘，忠信涉波濤。别恨隨流水，交情脱寶刀。用呂虔贈王祥佩刀事。有才無不適，行矣莫徒勞。

陪竇侍御遊靈雲池

白露先時降，清川思不窮。江湖仍塞上，舟楫在軍中。舞换臨津樹，歌饒向晚風。夕陽連積水，邊色滿秋空。乘興宜投轄，邀歡莫避驄。誰憐持弱羽，猶欲伴鵷鴻。

李頎

送劉主簿歸金壇

與子十年舊，其如離別何。宦遊憐故國，歸夢是滄波。京口青山遠，金陵芳草多。雲帆曉容裔，江日晝清和。縣郭舟人飲，津亭漁者歌。茅山有仙洞，羨爾再經過。

岑參

早秋與諸子登虢州西亭觀眺

亭高出鳥外，客到與雲齊。樹點千家小，天圍萬嶺低。殘虹挂陝北，急雨過關西。寫景雄闊。酒榼緣青壁，瓜田傍緑溪。微官何足道，愛客且相携。唯有鄉園處，依依望不迷。

起手貴突兀，少陵有『開筵對鳥巢』句，此同一落想。

六月十三日水亭送華陰王少府還縣

亭晚人將别，池涼酒未酣。關門勞夕夢，仙掌引歸驂。荷葉藏魚艇，藤花罥客簪。殘雲收夏暑，新雨帶秋嵐。失路情無適，離懷思不堪。賴兹庭户裏，别有小江潭。輕點水亭。岑在關外思長安，故夢爲之勞。王歸華陰，路從仙掌，若引歸驂也，三、四極見用意。

送盧郎中除杭州之任

罷起郎官草，初分刺史符。海雲迎過楚，江月引歸吴。城底濤聲震，樓頭蜃氣孤。千家窺驛舫，五馬飲春湖。柳色供詩用，鶯聲送酒須。句不穩而穩。知君望鄉處，枉道上姑蘇。

送郭僕射節制劍南

鐵馬擐紅纓，幡旂出禁城。明王親授鉞，丞相欲專征。玉饌天厨送，金杯御酒傾。劍門乘險過，閣道踏空行。山鳥驚吹笛，江猿看洗兵。曉雲隨去陣，夜月逐行營。南仲今時往，西戎計日平。將心感知己，萬里寄懸旌。

祖　咏

清明宴司勳劉郎中別業

田家復近臣，行樂不違親。霽日園林好，清明烟火新。以文常會友，唯德自成鄰。池照窗陰晚，杯香藥味春。欄前花覆地，竹外鳥窺人。何必桃源裏，深居作隱淪。

張　謂

同諸公遊雲公禪寺

共許尋雞足，山名。誰能惜馬蹄。長空净雲雨，斜日半虹霓。簷下千峰轉，窗前萬木低。看花尋徑遠，聽鳥入林迷。地與喧聞隔，人將物我齊。不知樵客意，何事武陵溪。

李白

送儲邕之武昌

黄鶴西樓月，長江萬里情。春風三十度，空憶武昌城。送爾難爲别，銜杯惜未傾。湖連張樂地，山逐汎舟行。諾謂楚人重，詩傳謝脁清。滄浪吾有曲，寄入棹歌聲。

以古風起法運作長律，太白天才，不拘繩墨乃尔。

送友人尋越中山水

聞道稽山去，偏宜謝客才。千巖泉灑落，萬壑樹縈迴。東海横秦望，西陵遶越臺。湖清霜鏡曉，濤白雪山來。八月枚乘筆，三吴張翰杯。此中多逸興，早晚向天台。

越中山水獨數會稽，此時杭州屬吴。

秋日與張少府楚城韋公藏書高齋作

日下空亭暮，城荒古迹餘。地形連海盡，天影落江虚。舊賞人雖隔，新知樂未疏。彩雲思作賦，丹壁問藏書。查擁隨流葉，萍開出水魚。夕來秋興滿，回首意何如。

秋日登揚州西靈塔

寶塔凌蒼蒼，登攀覽四荒。頂高元氣合，標出海雲長。萬象分空界，三天接畫梁。水摇金刹影，日動火珠光。鳥拂瓊簾度，霞連繡栱張。目隨征路斷，心逐去帆揚。露浩梧楸白，霜催橘柚黄。玉毫如可見，於此照迷方。

入手高超，能以古筆爲律體。

中丞宋公以吴兵赴河南，軍次尋陽，脱余之困，參謀幕府，因贈之

獨坐清天下，專征出海隅。九江皆渡虎，三郡盡還珠。組練明秋浦，樓船入郢都。風高初選將，月滿欲平胡。言平胡之速。殺氣横千里，軍聲動九區。白猿慚劍術，黄石借兵符。戎虜行當剪，鯨鯢立可誅。自憐非劇孟，何以佐良圖。

《史記》：吴楚反時，條侯至河南，得劇孟，喜曰：吴楚不求孟，知其無能爲矣！詩中不多感謝脱囚，而第言己非劇孟，立言有體。

杜　甫

五言長律，陳、杜、沈、宋，簡老爲宗；燕、許、曲江，詣崇典碩。老杜出而推擴之，精力團聚、氣象光昌，極人間之偉觀！後有作者，莫能爲役。

冬日洛城北謁玄元皇帝廟原注：廟有吴道子畫《五聖圖》。

配極玄都閟，配北極也。憑高禁禦長。禁苑之遮衛。守祧嚴具禮，掌節鎮非常。碧瓦初寒外，金莖一氣傍。山河扶繡户，日月近雕梁。仙李盤根大，猗蘭奕葉光。世家遺舊史，道德付今王。《史記》不載於《世家》，在《列傳》中也。畫手看前輩，吴生遠擅場。森羅移地軸，妙絶動宫墻。五聖聯龍衮，千官列雁行。高祖、太宗、高宗、中宗、睿宗，爲五聖。冕旒俱秀發，旌旆盡飛揚。翠柏深留景，冬日景。紅梨迥得霜。風筝吹玉柱，簷鈴之類。露井凍銀牀。身退卑周室，經傳拱漢皇。河上公授漢文《道德經》奥旨。谷神如不死，養拙更何鄉。

通體含諷，末尤婉曲。見老子之學，以谷神不死爲主。如其果然，方養拙藏名於無何有之鄉，而豈以帝王崇祀爲榮耶？微而顯矣！

投贈哥舒開府翰二十韵

今代麒麟閣，何人第一功。君王自神武，駕馭必英雄。入手要領得起。開府當朝傑，論兵邁古風。先鋒百勝在，略地兩隅空。言隴右戰功。青海無傳箭，天山早挂弓。言息兵也。廉頗仍走敵，魏絳已和戎。每惜河湟棄，新兼節制通。言恢復河西。智謀垂睿想，出入冠諸公。日月低秦樹，乾坤繞漢宫。胡人愁逐北，宛馬又從東。受命邊沙遠，歸來御席同。軒墀曾寵鶴，指禄山。畋獵舊非熊。指翰。茅土加名數，山河誓始終。户籍也，見《漢書》。策行遺戰伐，契合動昭融。言以計用兵，不假戰伐。勳業青冥上，交親氣概中。二語承上轉下。未爲朱履客，已見白頭翁。以下叙入自己，此投贈體也。壯節初題柱，生涯獨轉蓬。幾年春草歇，今日暮途窮。軍事留孫楚，行間識吕蒙。防身一長劍，將欲倚崆峒。收得有身分。

有氣象、有神力，開合變化，自中規矩。長律以少陵爲至，元白動成百韵，頹然自放矣。

贈特進汝陽王二十韵名進，寧王長子。

特進群公表，天人夙德升。霜蹄千里駿，風翮九霄鵬。服禮求毫髮，惟忠忘寢興。聖情常有眷，朝退若無憑。若無所憑藉，言不挾貴也。仙醴來浮蟻，奇毛或賜鷹。清關塵不離，中使日相乘。晚節嬉遊簡，平居孝義稱。自多親棣萼，誰敢問山陵。寧王薨，謚讓皇帝，葬地名惠陵，璡上表辭。學業醇儒富，辭華哲匠能。筆飛鸞聳立，章罷鳳騫騰。精理通談笑，忘形向友朋。寸長堪繾綣，一諾豈驕矜。已忝歸曹植，何知對李膺。叙重文好士，接入自叙，不見痕迹。招要恩屢至，崇重力難勝。披霧初歡夕，高秋爽氣澄。樽罍臨極浦，鳧雁宿張燈。花月窮遊宴，炎天避鬱蒸。硯寒金井水，簷動玉壺冰。瓢飲唯三徑，巖棲在百層。且持蠡測海，况挹酒如澠。鴻寶寧全祕，淮南王有枕中鴻寶。丹梯庶可凌。淮王門有客，終不愧孫登。嵇康有『愧孫登』，以所遇非時。見已逢賢王，不同康之有愧也。

敬贈鄭諫議十韻

諫官非不達，詩義早知名。破的由來事，先鋒孰敢爭。比意。思飄雲物外，律中鬼神驚。毫髮無遺憾，波瀾獨老成。野人寧得所，天意薄浮生。自叙淪落。多病休儒服，冥搜信客旌。築居仙縹緲，旅食歲峥嶸。行踪無定意，卜居近宫觀。使者求顔闔，諸公厭禰衡。時薦而召試，試而不遇。將期一諾重，欻使寸心傾。君見途窮哭，宜憂阮步兵。望鄭薦引。

上韋左相二十韻見素。

鳳歷軒轅紀，龍飛四十春。八荒開壽域，一氣轉洪鈞。霖雨思賢佐，丹青憶舊臣。從朝廷用人説起，與投贈哥舒翰篇同是高屋建瓴之勢。應圖求駿馬，驚代得麒麟。沙汰江河濁，調和鼎鼐新。十字叙相業簡老。韋賢初相漢，范叔已歸秦。盛業今如此，傳經固絶倫。豫章深出地，滄海闊無津。北斗司喉舌，東方領搢紳。持衡留藻鑑，聽履上星辰。獨步才超古，餘波德照鄰。聰明過管輅，尺牘倒陳遵。豈是池中物，由來席上珍。廟堂知至理，風俗盡還淳。才傑俱登用，愚蒙但隱淪。叙入自己，每用承上接下法。長卿多病久，子夏索居頻。回首驅流俗，生涯似衆人。爲流俗所驅。巫咸不可問，鄒魯莫容身。感激時將晚，蒼茫興有神。爲公歌此曲，涕淚在衣巾。

喜聞官軍已臨賊境二十韵

胡騎潛京縣，官軍擁賊壕。鼎魚猶假息，穴蟻欲何逃。帳殿羅元冕，公卿服。轅門照白袍。回紇衣。秦山當警蹕，漢苑入旌旄。路失羊腸險，雲横雉尾高。五原空壁壘，八水散風濤。今日看天意，遊魂貸爾曹。乞降那更得，尚詐莫徒勞。元帥歸龍種，廣平王。司空握豹韜。郭子儀。前軍蘇武節，李嗣業。左將吕虔刀。僕固懷恩。兵氣回飛鳥，威聲没巨鰲。戈鋋開雪色，弓矢向秋毫。天步艱方盡，時和運更遭。誰云遺毒螫，已是沃腥臊。睿想丹墀近，神行羽衛牢。六軍。花門回紇。騰絶漠，拓羯渡臨洮。安西募勇健者爲拓羯，猶華言戰士也。此輩感恩至，羸俘何足操。鋒先衣染血，騎突劍吹毛。喜覺都城動，悲憐子女號。家家賣釵釧，只待獻香醪。

送蔡希魯都尉還隴右因寄高三十五書記原注：時哥舒入奏，勒蔡子先歸。

蔡子勇成癖，彎弓西射胡。健兒寧鬥死，壯士恥爲儒。官是先鋒得，材緣挑戰須。身輕一鳥過，槍急萬人呼。警句。雲幕隨開府，指哥舒。春城赴上都。馬頭金㔩匝，駝背錦模糊。咫尺雪山路，歸飛青海隅。上公猶寵錫，指留京師。突將且前驅。希曾先歸。漢使黄河遠，凉州白麥枯。因君問消息，好在阮元瑜。二句寄高書記。

遣興於賊中遥憶幼子。

驥子好男兒，前年學語時。問知人客姓，誦得老夫詩。世亂憐渠小，家貧仰母慈。鹿門攜有處，鳥道去無期。天地軍麾滿，山河戰角悲。儻歸免相失，見日敢辭遲。

行次昭陵

舊俗疲庸主，群雄問獨夫。讖歸龍鳳質，威定虎狼都。隋主昏庸，群雄割據，唐宗受命，以四語了之。天屬尊堯典，神功協禹謨。以高祖禪位言。風雲隨絶足，雲從龍、風從虎意。絶足，馬名也。日月繼高衢。文物多師古，朝廷半老儒。直詞寧戮辱，以受諫言。賢路不崎嶇。往者灾猶降，蒼生喘未蘇。指麾安率土，盪滌撫洪爐。言天寶之亂，同於隋末，安得如太宗神靈指麾盪滌之？壯士悲陵邑，幽人拜鼎湖。玉衣晨自舉，鐵馬汗常趨。二語猶《騷》所云『神之來兮焱兩旗』，言神靈陟降也。松柏瞻虛殿，塵沙立暝途。寂寥開國日，流恨滿山隅。

重經昭陵

草昧英雄起，謳歌歷數歸。風塵三尺劍，社稷一戎衣。翼亮貞文德，丕承戢武威。聖圖天廣大，宗祀日光輝。陵寢盤空曲，熊羆守翠微。再窺松柏路，還見五雲飛。

前首傷亂，此望中興。以『五雲飛』作結，大旨顯然。

寄李十二白二十韻

昔年有狂客，賀知章。號爾謫仙人。筆落驚風雨，詩成泣鬼神。聲名從此大，汩没一朝伸。文彩承殊渥，指見知於明皇。流傳必絕倫。龍舟移棹晚，獸錦奪袍新。白日來深殿，青雲滿後塵。乞歸優詔許，遇我宿心親。謂白辭歸後兩人交與之情。未負幽棲志，兼全寵辱身。劇談憐野逸，嗜酒見天真。醉舞梁園夜，行歌泗水春。才高心不展，道屈善無鄰。處士禰衡俊，諸生原憲貧。稻粱求未足，薏苡謗何頻。隱指永王璘事。五嶺炎蒸地，三危放逐臣。夜郎在南荒，故以五嶺三危爲比。幾年遭鵩鳥，獨泣向麒麟。蘇武先還漢，黄公豈事秦。楚筵辭醴日，用穆生事。梁獄上書辰。太史公《報任安書》中意。已用當時法，誰將此義陳。老吟秋月下，病起暮江濱。

莫怪恩波隔，乘槎與問津。欲上訴於天也。

太白一生具見於此，未負幽棲、楚筵辭醴，極辨其不受永王璘之污矣。

奉送嚴公入朝十韻

鼎湖瞻望遠，象闕憲章新。四海猶多難，中原憶舊臣。時肅宗晏駕。與時安反側，自昔有經綸。感激張天步，從容静塞塵。南圖回羽翮，北極捧星辰。漏鼓還思晝，宮鶯罷囀春。空留玉帳術，愁殺錦城人。言嚴公入朝，而蜀人失望。閣道通丹地，江潭隱白蘋。此生那老蜀，不死會歸秦。自謂。公若登台輔，臨危莫愛身。古人直諒。

傷春

日月還相鬥，星辰屢合圍。不成誅執法，焉得變危機。大角纏兵氣，鈎陳出帝畿。烟塵昏御道，耆舊把天衣。行在諸軍闕，來朝大將稀。賢多隱屠釣，王肯載同歸。

王閬州筵奉酬十一舅惜别之作

萬壑樹聲滿，千崖秋氣高。要争此起手。浮舟出郡郭，别酒寄江濤。良會不復久，此生何太勞。窮愁但有骨，群盗尚如毛。吾舅惜分手，使君寒贈袍。沙頭暮黄鵠，失侣亦哀號。

春歸

苔徑臨江竹，茅簷覆地花。別來頻甲子，歸到忽春華。倚杖看孤石，傾壺就淺沙。遠鷗浮水静，輕燕受風斜。鷗燕性情形態，以『静』字、『斜』字傳出。世路雖多梗，吾生亦有涯。此身醒復醉，乘興即爲家。

奉觀嚴鄭公廳事岷山沱江畫圖十韵

沱水流中座，岷山到北堂。白波吹粉壁，青嶂插雕梁。竟以爲真，題畫要得此法。直訝杉松冷，兼疑菱荇香。以下皆山水對言。雪雲虚點綴，沙草得微茫。嶺雁隨毫末，川霓飲練光。霏紅洲蕊亂，拂黛石蘿長。暗谷非關雨，丹楓不爲霜。秋城元圃外，景物洞庭傍。繪事功殊絶，幽襟興激昂。從來謝太傅，邱壑道難忘。歸重鄭公。

謁先主廟

慘澹風雲會，乘時各有人。力侔分社稷，志屈偃經綸。謂三分也。復漢留長策，中原仗老臣。指武侯。雜耕心未已，歐血事酸辛。霸氣西南歇，雄圖歷數屯。言天命去蜀。錦江元過楚，劍閣復通秦。二句傷蜀之旋入於晉。舊俗存祠廟，空山立鬼神。虚簷交鳥道，枯木半龍鱗。竹送清溪月，苔移玉座春。閭閻兒女换，歌舞歲時新。絶域歸舟遠，荒城繫馬頻。此謁先主，而自抒懷抱。如何對摇落，况乃久風塵。孰與關張並，功臨耿鄧親。應天才不小，得士契無鄰。遲暮堪帷幄，飄零且釣緡。向來憂國淚，寂寞灑衣巾。

三分割據，君臣魚水，孔明之鞠躬盡瘁，後主之面縛出降，起數句中包括殆盡。何等筆力！『絶域歸舟』下純是自傷語，謂今風塵未靖，孰與關張並其忠勇，而其功可與耿鄧相親者乎？使有英主應天而出，得士相契，則吾雖遲暮，猶堪共謀帷幄。惟飄零不偶，所以憂國之淚不能自已也！若末段仍説向先主，不免前後重複。

東屯月夜

抱疾漂萍老，防邊舊穀屯。春農親異俗，歲月在衡門。青女霜楓重，黄牛峽水喧。泥留虎鬥迹，月挂客愁村。儁句。喬木澄稀影，輕雲倚細根。數驚聞雀噪，暫睡想猿蹲。日轉東方白，風來北斗昏。天寒不成寢，無夢寄歸魂。

張　巡

守睢陽詩

接戰春來苦，孤城日漸危。合圍侔月暈，分守若魚麗。屢厭黃塵起，時將白羽撝。裹瘡猶出陣，飲血更登陴。忠信應難敵，堅貞諒不移。無人報天子，心計欲何施。

王季友

玉壺冰試帖。

玉壺知素潔，止水復中澄。堅白能虛受，玉壺。清寒得自凝。冰。分形同曉鏡，照物掩宵燈。壁映圓光徹，人驚爽氣凌。金罍何足貴，瑤席幾迴昇。正值求珪瓚，提携共飲冰。

李華

字遐叔，趙郡人。開元中舉進士，天寶中舉宏詞，皆科首，官右補闕。禄山亂，奉母逃，爲盜所得。收京後，謫杭州司户。上元中，復召用，以廢疾辭。

尚書都堂瓦松 試帖。

華省祕仙蹤，高堂露瓦松。葉因春後長，花爲雨來濃。影混鴛鴦色，光含翡翠容。近天忻所寄，拔地歎無從。接棟凌雙闕，連甍蓋九重。寧知深澗底，霜雪歲兼封。不落纖巧，結意脱祈請卑格。

重訂唐詩別裁集卷十八

長洲沈德潛歸愚選

劉長卿

棲霞寺東峰尋南齊明徵君故居明僧紹，字休烈，捨宅爲寺。齊帝徵之，不出。

山人今不見，山鳥自相從。長笑思齊主，終身卧此峰。泉源通石徑，澗户掩塵容。古墓依寒草，前朝寄老松。片雲生半壁，萬壑徧疏鐘。惆悵長空去，猶疑林下逢。

行營酬吕侍御

不敢淮南卧，來趨漢將營。受辭瞻左鉞，扶疾拜前旌。井税鶉衣樂，壺漿鶴髮迎。水歸餘斷岸，水灾後。烽至掩孤城。兵後。曉日當千騎，秋風合五兵。孔璋才素健，早晚檄書成。

自道林寺西入石路，至麓山寺，過法崇師故居寺在長沙岳麓山下。

山僧候谷口，石路拂莓苔。深入泉源去，遥從樹杪回。香隨青靄散，鐘過白雲來。野雪空齋掩，山風古殿開。以下四語指故居言。桂寒知自發，松老問誰栽。惆悵湘江水，何人更渡杯。

送鄭説之歙州謁薛侍御時侍御出守歙。

漂泊來千里，指鄭。謳歌滿百城。指薛。漢家尊太守，薛。魯國重諸生。鄭。俗變人難理，江傳水至清。船經危石住，路入亂山行。老得滄洲趣，春傷白髮情。嘗聞馬南郡，門下有康成。馬融爲南郡守。

謫居于越亭作在饒州府。

天南愁望絶，亭上柳條新。落日獨歸鳥，孤舟何處人。言鳥歸故處，人滯孤舟，作感興語看，愈有味。生涯投越徼，世業陷胡塵。杳杳鍾陵暮，悠悠鄱水春。秦臺悲白首，楚澤怨青蘋。草色迷征路，鶯聲傍逐臣。獨醒翻引笑，直道不容身。得罪風霜苦，全生天地仁。歸美君恩，風人之旨。青山數行淚，滄海一窮鱗。牢落機心盡，唯憐鷗鳥親。

送徐大赴廣州

上將壇場拜，南荒羽檄招。遠人來百粤，元老事三朝。霧繞龍川暗，山連象郡遥。路分江淼淼，軍動馬蕭蕭。畫角知秋氣，樓船逐暮潮。當令輸貢賦，不使外蠻驕。

錢起

湘靈鼓瑟省試。

善鼓雲和瑟，常聞帝子靈。馮夷空自舞，楚客不堪聽。苦調淒金石，清音入杳冥。蒼梧來怨慕，白芷動芳馨。流水傳湘浦，悲風過洞庭。曲終人不見，江上數峰青。遠神不盡。

落句固好，然亦詩人意中所有，謂得自鬼語，蓋謗之耳。

題玉山村叟壁

谷口好泉石，居人能陸沈。人中隱者，如無水而沉。牛羊下山小，烟火隔雲深。一徑入溪色，數家連竹陰。藏虹辭晚雨，驚隼落殘禽。涉趣皆流目，將歸羡在林。却思黄綬事，孤負紫芝心。

送王使君赴太原行營

太白明無象，皇威未戢戈。諸侯持節鉞，千里控山河。漢驛雙旌度，胡沙七騎過。驚蓬連雁起，牧馬入雲多。不賣盧龍塞，能消瀚海波。須傳出師頌，莫奏式微歌。

奉和宣城張太守南亭秋夕懷友

池館蟪蛄聲，梧桐秋露晴。月臨朱戟静，河近畫樓明。寫秋夕妍麗。捲幔浮涼入，聞鐘永夜清。片雲懸曙斗，數雁過秋城。羽扇揚風暇，瑶琴悵别情。見懷友意。江山飛麗藻，謝朓讓詩名。

皇甫冉

送歸中丞使新羅

詔使殊方遠，朝儀舊典行。浮天無盡處，望日計前程。𩖁喜孤山出，長愁積水縈。野風飄叠鼓，海雨濕危旌。異俗知文教，通儒有令名。還將大戴禮，方外授諸生。

河南鄭少尹城南亭送鄭判官還河東

使臣懷餞席，鄭判官。亞尹有前溪。少尹。客是仙舟裏，塗從御苑西。泉聲喧暗竹，草色引長堤。故絳青山在，新田緑樹齊。天秋聞別鶴，關曉候鳴雞。應歎沈冥者，年年津路迷。自謂。

李嘉祐

和袁郎中破賊後經剡中山水

授律仙郎貴，長驅下會稽。鳴笳山月曉，摇旆野雲低。剪寇人皆賀，回軍馬自嘶。地閒春草緑，城静夜烏啼。破竹清閩嶺，看花入剡溪。元戎催獻捷，莫道事攀躋。

寫景俱帶定破賊後，下筆謹嚴。

韓翃

奉送王相公赴幽州

黄閣開帷幄，丹墀侍冕旒。位高湯左相，權總漢諸侯。不改周南化，仍分趙北憂。雙旌過易水，千騎入幽州。塞草連天暮，邊聲動地秋。無因隨遠道，結束佩吴鈎。

盧綸

從軍行

二十在邊城，軍中得勇名。卷旗收敗馬，占磧擁殘兵。覆陣烏鳶起，燒山草木鳴。塞閒思遠獵，師老厭分營。雪嶺無人迹，冰河有雁聲。李陵甘此没，惆悵漢公卿。

孫武子云：烏起者，伏也。覆，仝『伏』。

逢南中使因寄嶺外故人

見説南來處，蒼梧接桂林。過秋天更暖，邊海日長陰。巴路緣雲出，蠻鄉入洞深。信迴人自老，夢到月應沉。『信迴』二句，苦心得之。碧水通春色，青山寄遠心。炎方難久客，爲爾一沾襟。

韓　濬字未詳，江東人，大曆九年進士。

以下多試帖。此體凡六韵：起聯點題；次聯寫題，意不用説盡；三、四聯正寫；發揮明透；五聯題後推開；六聯收束。略似後代帖括體式，合格者入彀。當時才士每細心揣摩，降格爲之。李、杜二公不能降格，終不遇也。唐人中佳者寥寥，兹取氣骨近高、辭章近雅者，爲學詩人導以先路，一切祈請卑屈者斥之。至於增加多韵，變化方板，巧心濬發者自能之，無煩覼縷爲也。

清明日賜百僚新火試帖。

朱騎傳紅燭，天厨賜近臣。火隨黄道見，烟遶白榆新。切『新火』，不脱清明。榮曜分他室，恩光共此辰。更調金鼎味，還暖玉堂人。不脱百僚。灼灼千門曉，輝輝萬井春。應憐螢聚者，瞻望及東鄰。以車胤自況。

冷朝陽字未詳，金陵人。大曆中進士，爲薛嵩從事。

立春試帖。

玉律傳佳節，青陽應北辰。土牛呈歲稔，彩燕表年春。臘盡星迴次，寒餘月建寅。風光行處好，雲物望中新。流水初銷凍，潛魚欲振鱗。梅花將柳色，偏思越鄉人。

于尹躬字里未詳。大曆中進士，元和中爲中書舍人，左除揚州刺史。

南至日太史登臺書雲物試帖。

至日行時令，登臺約禮文。官稱伯趙氏，色辨五方雲。伯趙氏，司至者也。晝漏聽初發，陽光望漸分。司天爲歲備，持簡出人群。惠愛周微物，生靈荷聖君。長當有嘉瑞，郁郁復紛紛。

《天官書》中語。

獨孤綬字里未詳。大曆十年進士，又舉宏辭試，《馴象賦》德宗奇之，特書第三。

藏珠於淵試帖。

謂不取也，與沉珠意各別。

至道歸淳朴，明珠被棄捐。失真來照乘，成性却沈泉。不是靈蛇吐，猶疑合浦旋。岸旁隨月落，波底共星懸。致遠終無脛，懷貪豈比肩。欲知恭儉德，所寶在唯賢。結意正大。

羅讓字景先，迥之子。舉進士，宏詞、賢良方正，皆高第。歷尚書郎、散騎常侍，終江西觀察使。

閏月定四時試帖。

月閏隨寒暑，閏月。疇咨定職司。定時。餘分將考日，積算自成時。律候行宜表，陰陽運不歟。氣薰灰琯騐，數扐卦辭推。六曆文明序，三年步暗移。當知歲功立，唯是奉無私。

《易·繫辭》歸奇于扐以象閏。六曆，蔡邕議曰：『黄帝、顓頊、夏、殷、周、魯，凡六家。』

陸復禮

字里未詳，貞元八年宏詞第一。

中和節詔賜公卿尺 宏詞試。

唐德宗朝以二月朔爲中和節。

春仲令初吉，歡娱樂大中。中和與尺意俱見。皇恩貞百度，寶尺賜群公。欲使方隅法，還令規矩同。正寫。捧觀珍質麗，拜受聖心崇。如荷丘山重，思酧分寸功。從兹度天地，與國慶無窮。

王損之

字里未詳，貞元十四年進士。

濁水求珠 試帖。

積水非澄澈，明珠不易求。依稀沈極浦，想像在中流。瞪目思清淺，褰裳恨暗投。徒看川色媚，空愛夜光浮。月入疑龍吐，星歸似蚌遊。終希識珍者，採掇在冥搜。

見求之不以道也。不正寫濁水，却處處有濁水在。

杜元穎

字未詳，杜陵人。貞元十六年進士，又舉宏詞，累官司勳員外郎。穆宗時爲相，後貶循州司馬。

玉水記方流 試帖。

《淮南子》：水之方折者有玉，圓折者有珠。

重泉生美玉，積水異常流。如見清堪賞，因知寶在幽。斗迴虹氣見，正寫方流。磬折紫光浮。中矩諧明德，同方叶至柔。寫方折意。類圭才有角，寫月讓成鈎。用反襯法。異寶雖無脛，逢時願俯收。

李行敏

字里未詳，貞元中宏詞科登第。

觀慶雲圖 省試。

縑素傳休祉，丹青狀慶雲。非烟凝漠漠，似蓋乍紛紛。尚駐從龍意，全舒捧日文。光從五色起，影向九霄分。裂素留嘉瑞，披圖賀聖君。寧同窺汗漫，方此睹氛氳。

李虞中

字見之，端之子。元和中進士，累官中書舍人、知制誥，終吏部侍郎。

初日照鳳樓

試帖。

旭景開宸極，朝陽燭帝居。斷霞生峻宇，通閣麗晴虛。流彩連朱檻，騰輝照綺疏。寅賓趨陛後，羲駕奉車初。初日、鳳樓並見。黄道龍光合，丹翬鳥翼舒。倘蒙迴一顧，願上十煇書。《周禮・春官》：眡祲，掌十煇之法，以觀妖祥、辨吉凶。眡祲，官名。煇，日旁氣數也。

沈亞之

字下賢，吴興人。元和中進士，歷殿中侍御史，後謫南康尉。

春色滿皇州

試帖。

何處春暉好，偏宜在雍州。花明夾城道，柳暗曲江頭。風軟游絲重，光融瑞氣浮。鬭雞憐短草，乳燕傍高樓。繡轂盈香陌，新泉溢御溝。行看日近處，進騎似川流。

裴夷直字禮卿，河東人。登進士第，文宗時官中書舍人，歷任刺史，終散騎常侍。

觀淬龍泉劍試帖。

歐冶將成器，風胡幸見逢。發硎思剸玉，投水化爲龍。是淬。詎肯藏深匣，終期用剸鐘。白帖，干將之劍，剸鐘無聲。蓮華生寶鍔，秋日勵霜鋒。鍊質纔三尺，吹毛過百重。擊磨如不倦，提握碩長從。

劉得仁字里未詳，係貴主之子。長慶中，即以詩名，後卒未遇。

蓮花峰監試。

太華萬餘重，岧嶤最上峰。當秋倚寥泬，入望似芙蓉。翠拔千尋直，青危一朵穠。琢句。氣分毛女秀，靈有羽人蹤。倒影侵官路，流香激廟松。藕如船十丈，望裏豁心胸。

顧況

送從兄使新羅

六氣銅渾轉，三光玉律調。河宫清奉費，海岳宴來朝。地絶提封入，天平錫貢饒。揚威輕破虜，柔服耻征遼。曙色黄金闕，寒聲白鷺潮。樓船非習戰，入奉使。驄馬是嘉招。帝女飛銜石，鮫人賣淚綃。以下一路經行海島。管寧雖不偶，徐市倘相邀。獨島懸空翠，孤霞不泬寥。蟾蜍同漢月，螮蝀異秦橋。水豹横吹浪，花鷹迴拂霄。晨裝凌莽渺，夜泊記招摇。幾路通圓嶠，何山是沃焦。颶風晴汨起，陰火暝潛燒。鬒髮成新髻，人參長舊苗。扶桑銜日近，析木帶津遥。夢向愁中積，魂當别處銷。臨川思結網，見彈欲求鴞。共散羲和歷，誰差甲子朝。已到新羅頒朔。滄波仗忠信，譯語辨謳謡。疊鼓鯨鱗隱，陰帆鷁首飄。南溟隨大翼，西海飲文鰩。指景尋靈草，排雲聽洞簫。封侯萬里外，未肯後班超。結得有力。

風骨未高，才情焕發。

殷　寅 字未詳，陳郡人。事母以孝聞，應宏詞科，爲永寧尉。

玄元皇帝應見賀聖祚無疆八韻。

應歷生周日，脩祠表漢年。復兹秦嶺上，更似霍山前。昔贊神功啓，武德年。今符聖祚延。天寶年。已題金簡字，仍訪玉堂仙。睿祖光元始，曾孫體又玄。言因六夢接，《周禮·春官》，「占夢」，以日月星占夢之吉凶。慶叶九齡傳。北闕心超矣，南山壽固然。無由同拜慶，竊忭賀陶甄。

《舊唐書》：開元二十年四月，帝夢城南山趾有天尊之象，求得之於盩厔樓觀之側。天寶元年正月，田同秀稱於京師永昌街空中見玄元皇帝，以「天下太平，聖壽無疆」八言傳於今上。又云：桃林縣故關令尹喜宅旁有靈寶符，發使求而得之，獻於含元殿。

高祖武德三年，吉善行於羊角山，見白衣老父曰：「爲我語唐天子，吾是老君，即汝祖也。」高祖即遣使致祭，立廟於其地。

陸　贄字敬輿，嘉興人。年十八登進士第，又中博學宏詞科。德宗立，召爲翰林學士。朱泚反，帝如奉天，贄從幸。知無不言，詔誥皆出其手。興元詔下罪己深切，遠近皆感動流涕。貞元八年，入相，事之不可者力争之。或規其太過，贄曰：『吾上不負天子，下不負所學，遑他卹乎？』裴延齡搆之，貶忠州别駕。卒後，贈兵部侍郎，謚曰宣。

禁中春松試帖。

陰陰清禁裏，蒼翠滿春松。雨露恩偏近，陽和色更濃。高枝分曉日，虚吹雜宵鐘。香助爐烟遠，形疑蓋影重。願符千載壽，不羡五株封。倘得迴天眷，全勝老碧峰。

秦王封泰山，逢疾風暴雨，得松樹庇之，封爲五大夫，非五株也，然唐人誤認者多。

白居易

微之整集舊詩及文筆爲百軸，以七言長句寄樂天，樂天次韻酬之，餘思未盡，加爲六韻重寄七言長律不另列，附五言中。

海内聲華併在身，篋中文字絶無倫。遥知獨對封章草，忽憶同爲獻納臣。走筆往來盈卷軸，自注：予與微之前後寄和詩數百篇，近代無如此多有也。除官遞互掌絲綸。予除中書舍人，微之撰制詞。微之除翰林學士，予撰制詞。制從長慶辭高古，微之長慶初知制誥，文格高古，始變俗體，繼者效之也。詩到元和體變新。衆稱元白爲『千字律詩』，或號『元和格』。各有文姬才稚齒，蔡邕無兒有女琰，字文姬。俱無通子繼餘塵。陶潛小兒名通子。琴書何必求王粲，與女猶勝與外人。

泛太湖書事寄微之

烟渚雲帆處處通，飄然舟似入虚空。玉杯殘酌巡初匝，金管徐吹曲未終。黄夾纈林寒有葉，碧琉璃水净無風。避旗飛鷺翩翻白，驚鼓跳魚拔刺紅。澗雪壓多松偃蹇，巖泉滴久石玲瓏。書爲故事留湖上，自注：所見勝景多記在湖中石上。吟作新詩寄浙東。軍府威容從道盛，江山氣色定知同。報君一事君應羡，五宿澄波皓月中。

元　稹

賦得數蓂試帖。

堯時有草，夾階而生。每月朔日，一莢生，至十五日而足。十六日一莢落，至晦而盡。月小，一莢厭而不落。

將課司天歷，先觀近砌蓂。一旬開應月，五日數從星。桂滿叢初合，蟾虧影漸零。辨時長有素，數閏或餘青。墜葉推前事，新芽察未形。堯年始今歲，方欲瑞千齡。

徐　凝

送日本使還

絶國將無外，扶桑更有東。來朝逢聖日，歸去及秋風。夜汎潮迴際，晨征蒼莽中。上聲。鯨波騰水府，蜃氣狀仙宮。天眷何期遠，王文久已同。相望杳不見，離思托飛鴻。

猶有盛唐家數。

張繼

送判官往陳留

齊宋分巡地，頻年此用兵。女停襄邑杼，農廢汶陽耕。使者乘軺去，諸藩擁節迎。深仁佐君子，薄賦恤黎甿。火燎原猶熱，風摇海未平。應將否泰理，一問魯諸生。

兵荒之後以深仁薄賦期之，得贈人以言之意。

武元衡

途次近蜀驛，蒙恩賜寶刀及飛龍廐馬，使還，因寄李鄭二中書

草草事行役，遲遲出故關。碧幢遥隱霧，紅旆漸依山。感激酧恩淚，風霜去國顔。捧刀金錯

字，歸馬玉連環。威鳳翔雙闕，征夫護百蠻。應憐宣室召，温樹不同攀。

裴度

中書即事

有意效承平，無功答聖明。灰心緣忍事，霜鬢爲論兵。道直身還在，恩深命轉輕。大臣語。鹽梅虚擬議，葵藿是平生。白日常懸照，蒼蠅謾發聲。言君鑒其誠，讒人亦不得逞其技也。嵩陽舊田里，終使謝歸畊。

中和節詔賜公卿尺試帖。

陽和行慶賜，尺度爲臣工。寵賚乘佳節，傾心立大中。短長思合製，遠近貴攸同。共荷裁成德，將酧分寸功。作程施有用，垂範播無窮。願續延洪壽，千春奉聖躬。《尚書》『天降割于我家，不少延。洪惟我幼冲人』，孔傳以延洪作句，釋云：延，長也；洪，大也。借尺意以祝聖壽，最有關合。後人改南山，遂成套語。

韓　愈

送鄭尚書赴南海

番禺軍府盛，欲説暫停杯。蓋海旗幢出，連天觀閣開。衙時龍户集，上日馬人來。風静鶢鶋去，官廉蚌蛤迴。貨通師子國，樂奏武王臺。事事皆殊異，無嫌屈大才。

龍户，採珠户也。馬人，因馬援留南蠻，去後，有不去者十三户，隋末衍至三百户，皆姓馬，俗以爲馬留人。

學諸進士作精衛銜石填海

鳥有償冤者，終年抱寸誠。口銜山石細，心望海波平。渺渺功難見，區區命已輕。人皆譏造次，我獨賞專精。豈計休無日，惟應畢此生。何慚刺客傳，不著報讎名。

清空揮灑，本非試場中作，自然脱去卑靡。

柳宗元

酬婁秀才寓居開元寺，早秋月夜病中見寄

客有故園思，瀟湘生夜愁。病依居士室，夢繞羽人邱。味道憐知止，遺名得自求。壁空殘月曙，門掩候蟲秋。謬委雙金重，難將雜佩酬。碧霄無枉路，徒此助離憂。

賈島

别徐明府

抱琴非本意，生事偶相縈。口尚袁安節，身無子賤名。地寒春雪盛，山淺夕風輕。百戰餘荒野，千夫漸耦耕。一杯宜獨夜，孤客戀交情。明日疲驂去，蕭條過古城。

李商隱

戲贈張書記

別館君孤枕，空庭我閉關。池光不受月，野氣欲沈山。星漢秋方會，關河夢幾還。危絃傷遠道，明鏡惜紅顔。四句言張之室家相念。古木含風久，平蕪盡日閒。心知兩愁絶，不斷若連環。足相念意，戲意在言外。

武侯廟古柏

蜀相階前柏，龍蛇捧閟宫。陰成外江畔，老向惠陵東。大樹思馮異，甘棠憶召公。葉雕湘燕雨，枝折海鵬風。玉壘經綸遠，金刀歷數終。誰將《出師表》，一爲報昭融。

月照冰池省試。

皓月方離海，堅冰正滿池。分寫。金波雙激射，璧彩對參差。二句雙承。影占徘徊處，光含的皪時。高低連素色，上下接清規。四句合寫。顧兔飛難定，潛魚躍未期。鵲鷩俱欲繞，狐聽始無疑。四句又分寫。似鏡將盈手，如霜恐透肌。獨憐游翫意，達曉不知疲。復合寫作收。

有感 爲甘露之變而作。前一首恨李訓、鄭注之淺謀，後一首咎文宗之誤任非人也。

九服歸元化，三靈叶睿圖。如何本初輩，自取屈氂誅。訓、注欲學袁紹之誅宦官，自取劉屈氂之腰斬也。有甚當車泣，因勞下殿趨。何成奏雲物，指奏甘露。直是滅萑苻。比王涯諸臣爲萑苻之盜，誤矣。證逮符書密，辭連性命俱。竟緣尊漢相，王衍。不早辨胡雛。謂石勒有異志。鬼籙分朝部，軍烽照上都。敢云堪慟哭，未免怨洪爐。

清平之世，横戮大臣，由訓、注淺謀，自取也。至使天子下殿，無辜證逮，不亦可哀之甚哉！

丹陛猶敷奏，彤庭欻戰爭。臨危對盧植，董卓欲廢主另立，盧植不從。始悔用龐萌。龐萌，光武素親信，後萌反，帝始有悔心。御仗收前殿，兵徒劇背城。蒼黄五色棒，掩遏一陽生。事在十一月。古有清君側，今非乏老成。素心雖未易，此舉太無名。誰瞑銜冤目，寧吞欲絶聲。近聞開壽宴，不廢用咸英。

變起倉卒，方悔信任之誤。君側非不可清，實不得老成之人共謀也。一時死者銜冤，生者飲恨。而開成元年上元，賜百寮宴飲，何樂而爲此耶？

太虜平後，移家到永樂縣居，書懷十韵，寄劉、韋二前輩，二公嘗於此縣寄居

驅馬遶河干，家山照露寒。依然五柳在，况值百花攢。昔去驚投筆，今來分挂冠。不憂懸罄乏，乍喜覆盂安。甑破寧迴顧，孟敏事。舟沉豈暇看。聶友事。脱身離虎口，移疾就猪肝。閔仲叔事。鬢入新年白，顔非舊日丹。自悲秋穫少，誰懼夏畦難。逸志忘鴻鵠，清香披蕙蘭。還持一杯酒，坐想二公懽。

杜牧

題安崇西平王宅太尉愬院六韵

天下無雙將，關西第一雄。授符黄石老，學劍白猿翁。矯矯雲長勇，恂恂郄縠風。家呼小太尉，國號大梁公。半夜龍驤去，中原虎穴空。雪夜擒吴元濟事。隴山兵十萬，嗣子握琱弓。

公乘億字壽仙，魏人。咸通中進士，爲魏博節度使樂彦禎從事，後加授侍郎。

郎官上應列宿試帖。

北極佇文昌，南宫早拜郎。紫泥乘帝澤，銀印佩天光。緯結三台側，鈎連四輔傍。寫列宿，亦雙關郎官。佐商依傳説，列宿。仕漢笑馮唐。郎官。委佩摇秋色，峨冠帶曉霜。唐制，郎官每兼御史。自然符列象，千古耀巖廊。

馬戴

水始冰府試。

南池寒色動，北陸歲陰生。薄薄流澌聚，灕灕翠潋平。暗霑霜稍厚，是始冰。迴照日還輕。乳竇懸殘滴，湘流減恨聲。巧句。即堪金井貯，會暎玉壺清。潔白心誰識，空期飲此明。

張喬

月中桂州試。

與月轉鴻濛，扶疏萬古同。根非生下土，葉不墮秋風。密蘂圓時足，低枝缺處空。二語刻畫。影高群木外，香滿一輪中。二語自然。未種丹霄日，應虚白兔宫。何當因羽化，細得問元功。

杜荀鶴

御溝新柳試帖。

律到九重春，溝連柳色新。細籠穿禁水，輕拂入朝人。日近韶光早，天低聖澤勻。谷鶯栖欲穩，宫女畫難真。楚國空摇浪，隨堤暗惹塵。何如帝城裏，先得覆龍津。

焦郁 一作周存。

賦得白雲向空盡試帖。

白雲生遠岫，摇曳入晴空。乘化隨舒卷，無心任始終。欲銷仍帶日，將斷不因風。勢薄飛難見，天高色易窮。影收元氣表，光滅太虚中。倘若乘龍去，還施潤物功。

刻畫無痕，試帖中名作。

李景 字未詳，隴西人。

都堂試士日慶春雪試帖。

密雪分天路，群才坐粉廊。一起全意已見。靄空迷晝景，臨宇借寒光。似暖花融地，無聲玉滿堂。春雪。灑詞偏誤曲，留硯或因方。二句從試士用意。幾處曹風比，何人謝賦長。春暉早相照，莫滯九衢芳。『曲有誤，周郎顧』句，從試士自謙，曲名《白雪》，亦可牽入。因方，謝惠連《雪賦》：『或因方而爲珪』。着『留硯』二字，亦與試士關合也。《曹風》『麻衣如雪』，唐時士子入試，俱穿白衣。

梁　鉉未詳。

天門街觀榮王聘妃試帖。

帝子乘龍夜，三星照户前。兩行宫出火，十里道鋪筵。羅綺明中識，簫韶暗裏傳。燈攢九華扇，帳撒五銖錢。交翼文鴛合，和鳴彩鳳連。欲知來日美，雙拜紫微天。王與妃雙收。

黄　滔字文江，莆田人。乾寧二年進士，光化中，官監察御史裏行。王審知據閩中，州人避地者多主於滔。

内出白鹿宣示百官省試。

上瑞何曾乏，毛群表色難。珍於四靈外，宣示百僚觀。形奪場駒潔，光交月兔寒。以白駒、白兔作襯。已馴瑶草列，孤立雪花團。戴豸慚端士，抽毫躍史官。貴臣歌咏日，皆作白麟看。

徐　夤

字昭夢，莆田人。乾寧中進士，授秘書省正字，依王審知，不合，歸隱延壽溪。

東風解凍試帖。

暖氣發蘋末，凍痕銷水中。二句分。扇冰初覺泮，吹海旋成空。二句合。入律三春變，朝宗萬里通。二句又分。岸分天影闊，色照日光融。波起輕摇緑，鱗游乍躍紅。四句渾寫解凍後景。殷勤排弱羽，飛翥趁和風。

濮陽瓘

出籠鶻京兆府試。

玉鏃分花袖，金鈴出彩籠。摇心長捧日，逸翮鎮生風。一點青霄裏，千聲碧落中。星眸隨狡兔，霜爪落飛鴻。兩聯狀出籠後生鶻，字字英爽。每念提携力，常懷搏擊功。以君能惠好，不敢没遥空。

無名氏

霜隼下晴皋試帖。

九皋霜氣勁，翔隼下初晴。風動閒雲卷，星馳白草平。稜稜方厲疾，肅肅自縱橫。中有霜字在。掠地秋毫迥，投身逸翮輕。高墉全失影，逐雀作飛聲。薄暮寒郊外，悠悠萬里情。

無名氏

古鏡府試。

舊是秦時鏡，今藏古匣中。龍盤初挂月，鳳舞欲生風。硯滴方諸水，庭懸軒帝銅。應祥知道泰，鑑物覺神通。肝膽誠難隱，妍蚩豈易窮。幸依君子室，長得免塵蒙。

重訂唐詩別裁集卷十九

長洲沈德潛歸愚選

五言絶句

文宗皇帝

宫中題太和九年，殺王涯、鄭注後，仇士良專權。上遊幸，往往獨語，左右莫敢進，因賦此。

輦路生秋草，上林花滿枝。憑高何限意，無復侍臣知。

虞世南

咏蟬

垂緌飲清露，流響出疏桐。居高頤自遠，非是藉秋風。

咏蟬者每咏其聲，此獨尊其品格。

王勃

江亭月夜送別

江送巴南水，山横塞北雲。津亭秋夜月，誰見泣離群。

意雖未深，却爲正聲之始。

盧照鄰

曲池荷

浮香繞曲岸，圓影覆華池。常恐秋風早，飄零君不知。

言外有抱才不遇、早年零落之感。

韋承慶

南行别弟

萬里人南去，三春雁北飛。未知何歲月，得與爾同歸。

斷句以自然爲宗，此種最是難到。

宋之問

送杜審言

臥病人事絶，嗟君萬里行。河橋不相送，江樹遠含情。

渡漢江

嶺外音書斷，經冬復歷春。近鄉情更怯，不敢問來人。

即老杜『反畏消息來，寸心亦何有』意。

張　説

蜀道後期

客心争日月，來往預期程。秋風不相待，先到洛陽城。

以秋風先到形出已之後期，巧心濬發。

蘇頲

汾上驚秋

北風吹白雲，萬里渡河汾。心緒逢摇落，秋聲不可聞。

將赴益州題小園壁

歲窮將益老，春至却辭家。可惜東園樹，無人也作花。

張九齡

自君之出矣

自出〔一〕之出矣，不復理殘機。思君如滿月，夜夜減清輝。

〔一〕出，誤，應爲君。

巧思全在『滿』字生出。

照鏡見白髮

宿昔青雲志，蹉跎白髮年。誰知明鏡裏，形影自相憐。

曲江抱伯仲、伊吕之志，而令其蹉跎以老，唐室所以衰也！中藏得任用匪人之意。

王 適

適，幽州人。武后時糊名考選入第二等，官至雍州司功參軍。

江上梅

忽見寒梅樹，花開漢水濱。不知春色早，疑是弄珠人。

盧僎

中宗時人，自聞喜尉入爲學士，終吏部員外郎。

南樓望

去國三巴遠，登樓萬里春。傷心江上客，不是故鄉人。

崔國輔

魏宫詞

朝日照紅妝，擬上銅雀臺。畫眉猶未了，魏帝使人催。魏帝，指曹丕，見父死而彰穢德也。

《卞后》顯言之，此詩婉言之。

怨詞

妾有羅衣裳，秦王在時作。爲舞春風多，秋來不堪著。

崔曙

雨中送客

別愁復兼雨，別淚還如霰。寄言海上雲，千里長相見。

崔顥

長干曲二首長干里在上元縣。

君家住何處，妾住在横塘。停舟暫借問，或恐是同鄉。

不必作桑濮看。

家臨九江水，來去九江側。同是長干人，生小不相識。

横塘在應天府，近長干。此答前問詞。

儲光羲

江南曲

日暮長江裏，相邀歸渡頭。落花如有意，來去逐船流。

艷而不褻。

王　維

臨高臺送黎拾遺古樂府有《臨高臺曲》。

相送臨高臺，川原杳無極。日暮飛鳥還，行人去不息。

寫離情，能不露情態。

鳥鳴澗

人閒桂花落，夜静春山空。月出驚山鳥，時鳴春澗中。

諸咏聲息臭味迥出常格之外，任後人摹仿不到，其故難知。

鸕鷀堰

乍向紅蓮没，復出青蒲颺。獨立𧝞褷，銜魚古查上。

孟城坳

新家孟城口，古木餘衰柳。來者復爲誰，空悲昔人有。

言後我而來者，不知何人，又何必悲昔人之所有耶？𧝞褷達人每作是想。

鹿柴

空山不見人，但聞人語響。返景入深林，復照青苔上。

佳處不在語言，與陶公『采菊東籬下，悠然見南山』同。

竹里館

獨坐幽篁裏，彈琴復長嘯。深林人不知，明月來相照。

辛夷塢

木末芙蓉花，山中發紅萼。磵户寂無人，紛紛開且落。

幽極。

借用《楚詞》，因顔色相似也。

山中送别

山中相送罷，日暮掩柴扉。春草年年緑，王孫歸不歸。

雜咏

已見寒梅發，復聞啼鳥聲。心心視春草，畏向玉階生。

君自故鄉來，應知故鄉事。來日綺窗前，寒梅著花未。

答裴迪

淼淼寒流廣，蒼蒼秋雨晦。君問終南山，心知白雲外。

息夫人寧王取賣餅者妻，問曰：『汝憶餅師否？』默然不對。維時在坐，即席吟此詩，王因還之。

莫以今時寵，難忘舊日恩。看花滿眼淚，不共楚王言。

相思子

紅豆生南國，春來發幾枝。勸君休采擷〔一〕，此物最相思。

田園樂六言不能更列一體，附五言後。

采菱渡頭風急，策杖林西日斜。杏樹壇邊漁父，桃花源裏人家。

〔一〕洪邁《萬首唐人絶句》亦作此，《全唐詩》作『願君多采擷』更廣爲人傳。

山下孤烟遠郵，天邊獨樹高原。一瓢顏回陋巷，五柳先生對門。

桃紅復含宿雨，柳緑更帶朝烟。花落家僮未掃，鳥啼山客猶眠。

孟浩然

宿建德江

移舟泊烟渚，日暮客愁新。野曠天低樹，江清月近人。

下半寫景，而客愁自見。

祖　咏

望終南殘雪

《紀事》云：有司以此題試士，咏成四句，納於有司，問之，曰：『意盡而止。』

終南陰嶺秀，積雪浮雲端。林表明霽色，城中增暮寒。

王昌齡

題僧房

棕櫚花滿院，苔蘚入閒房。彼此名言絶，空中聞異香。

朝來曲

日昃鳴珂動，花連繡户春。盤龍玉臺鏡，唯待畫眉人。

高　適

哭單父梁少府

開篋淚沾臆，見君前日書。夜臺猶寂寞，疑是子雲居。

岑參

見渭水思秦川

渭水東流去，何時到雍州。憑添兩行淚，寄向故園流。

題平陽郡汾橋邊柳樹

此地曾居住，今來宛似歸。可憐汾上柳，相見也依依。

九日思長安故園

强欲登高去，無人送酒來。遥憐故園菊，應傍戰場開。

可悲在『戰場』二字。

王之涣

之涣，并州人。兄之咸、之賁，皆能詩。之涣與王昌齡、高適倡和，名重於時。

登鸛雀樓

白日依山盡，黄河入海流。欲窮千里目，更上一層樓。

四語皆對，讀去不嫌其排，骨高故也。

送别

楊柳東門樹，青青夾岸河。近來攀折苦，應爲别離多。

邱爲

左掖梨花

此亦奉詔作。

冷艷全欺雪，餘香乍入衣。春風且莫定，吹向玉階飛。

李華

字遐叔，趙郡人。開元二十三年進士，天寶二年博學宏詞，皆爲科首。官右補闕，以風痺廢。嘗爲元德秀暮〔一〕碑，顔真卿書，李陽冰篆額，時稱『三絶』。

奉寄彭城公

公子三千客，人人願報恩。應憐抱關者，貧病老夷門。

薛奇童

吴聲子夜歌

净掃黄金階，飛霜皎如雪。下簾彈箜篌，不忍見秋月。

〔一〕暮，刻寫之誤，應爲墓。

李　白

玉階怨

玉階生白露，夜久侵羅襪。却下水精簾，玲瓏望秋月。

妙在不明説怨。

夜思

牀前明月光，疑是地上霜。舉頭望山月〔一〕，低頭思故鄉。旅中情思雖説明，却不説盡。

敬亭獨坐

衆鳥高飛盡，孤雲去獨閒。〔二〕相看兩不厭，只有敬亭山。

〔一〕山月，一作明月。

〔二〕孤雲去獨閒，《全唐詩》作『孤雲獨去閒』。

傳獨坐之神，與前一首同。

青溪半夜聞笛

羌笛梅花引，吴溪隴水清。寒山秋浦月，腸斷玉關情。

勞勞亭古送別之所，在江寧縣南。

天下傷心處，勞勞送客亭。春風知別苦，不遣柳條青。

杜　甫

復愁

萬國尚防寇，故園今若何。昔歸相識少，早已戰場多。

先言今，追言昔，『早已』二字，無限傷情。

歸雁

春來萬里客，亂定幾年歸。腸斷江城雁，高高向北飛。

八陣圖

在魚復平沙之上，陣勢有八：天、地、風、雲、龍、虎、鳥、蛇也。

功蓋三分國，名成八陣圖。江流石不轉，遺恨失吞吴。吴蜀唇齒不應相讐。失吞吴，失策於吞吴，非謂恨未曾吞吴也。隆中初見時，已云『東連孫權，北拒曹操』矣。

劉長卿

逢雪宿芙蓉山

日暮蒼山遠，天寒白屋貧。柴門聞犬吠，風雪夜歸人。

送上人

孤雲將野鶴，豈向人間住。莫買沃洲山，時人已知處。

有『三宿桑下，已嫌其遲』意，蓋諷之也。

送靈澈上人

蒼蒼竹林寺，杳杳鐘聲晚。荷笠帶斜陽，青山獨歸遠。

錢　起

江行無題

咫尺愁風雨，匡廬不可登。秖疑雲霧裏，猶有六朝僧。

逢俠者

燕趙悲歌士，相逢劇孟家。寸心言不盡，前路日將斜。

韋應物

宿永陽寄璨師

遥知郡齋夜，凍雪封松竹。時有山僧來，懸燈獨自宿。

秋夜寄邱員外

懷君屬秋夜，散步咏凉天。山空松子落，幽人應未眠。

幽絶。

登樓

兹樓日登眺，流歲暗蹉跎。坐厭淮南守，秋山紅樹多。

聞雁

故園渺何處，歸思方悠哉。淮南秋雨夜，高齋聞雁來。歸思後説聞雁，其情自深。一倒轉説，則近人能之矣。

劉方平

長信宫

夢裏君王近，宫中河漢高。秋風能再熱，團扇不辭勞。

翻用古意，見其敦厚。

采蓮曲

落日清江裏，荆歌艷楚腰。采蓮從小慣，十五即乘潮。

春雪

飛雪帶春風，徘徊亂繞空。君看似花處，偏在洛城中。

天寒風雪獨宜於富貴之家，却説來藴藉。

暢當

當，河東人。初從軍，大曆中成進士，官果州刺史。

登鸛雀樓

迥臨飛鳥上，高出世塵間。天勢圍平野，河流入斷山。

不減王之渙作。

耿湋

湋，河東人，寶應中進士，官左拾遺。

秋日

返照入閭巷，憂來誰與語。古道無人行，秋風動禾黍。

顧況

憶舊遊

悠悠南國思，夜向江南泊。楚客斷腸時，月明楓子落。

盧綸

塞下曲二首

林暗草驚風，將軍夜引弓。平明尋白羽，没在石稜中。

月黑雁飛高，單于遠遁逃。欲將輕騎逐，大雪滿弓刀。

雄健。

贈李果毅

向日磨金鏃，當風著錦衣。上城邀賊語，走馬截雕飛。

李　端

聽箏

鳴箏金粟柱，素手玉房前。欲得周郎顧，時時誤拂絃。

吴綏眉謂因病致妍，語妙！

拜新月

開簾見新月，即便下階拜。細語人不聞，北風吹裙帶。

對月訴情，人自不聞語也，近《子夜歌》。

溪行遇雨寄柳中庸

日落衆山昏，瀟瀟風雨繁。那堪兩處宿，共聽一聲猿。

皇甫曾

送王司直

西塞雲山遠，東風道路長。人心勝潮水，相送過潯陽。潮不過潯陽。

淮口寄趙員外

欲逐淮潮上，暫停魚子溝。相望知不見，終是屢回頭。

司空曙

金陵懷古

輦路江楓暗，宫庭野草春。傷心庾開府，老作北朝臣。

庾信聘於北周，遂留之，官開府儀同三司。時陳氏通好，南北之士各還故國，而周獨不遣信，此《哀江南賦》所以作也。

送盧秦卿

知有前期在，難分此夜中。無將故人酒，不及石尤風。

石尤風，打頭逆風。宋武帝詩：『願作石尤風，因而斷行旅。』送人時致留人意。

金昌緒臨安人。

春怨一作無名氏《伊州歌。》

打起黄鶯兒，莫教枝上啼。啼時驚妾夢，不得到遼西。

語音一何脆！

一氣蟬聯而下者，以此爲法。

柳淡字中庸，京兆人，官洪府户曹。

江行

繁陰乍隱洲，落葉初飛浦。蕭蕭楚客帆，暮入寒江雨。

李　益

鷓鴣詞

湘江斑竹枝，錦翅鷓鴣飛。處處湘雲合，郎從何處歸。

戴叔倫

題三閭大夫廟

沅湘流不盡，屈子怨何深。日暮秋風起，蕭蕭楓樹林。

憂愁幽思，筆端繚繞。

屈子之怨，豈沅湘所能流去耶？發端妙！

嚴　維字正文，山陰人。至德中擢辭藻宏麗科，官終秘書郎。

送人往金華

明月雙溪水，清風八咏樓。少年爲客處，今日送君遊。

朱　放字長通，襄州人。貞元中召爲拾遺，不就。

題竹林寺

歲月人間促，烟霞此地多。殷勤竹林寺，更得幾回過。

權德輿

嶺上逢久別者又別

十年曾一別，征旆此相逢。馬首向何處，夕陽千萬峰。

柳宗元

長沙驛

海鶴一爲別，存亡三十秋。今來數行淚，獨上驛南樓。

入黄溪聞猿

溪路千里曲，哀猿何處鳴。孤臣淚已盡，虚作斷腸聲。

翻出新意，愈苦。

春懷故園

九扈鳴已晚，楚鄉農事春。悠悠故池水，空待灌園人。

江雪

千山鳥飛絶，萬徑人踪滅。孤舟蓑笠翁，獨釣寒江雪。

清峭已絶，王阮亭尚書獨貶此詩，何也？

劉禹錫

經檀道濟故壘

萬里長城壞，荒營野草秋。秣陵多士女，猶唱白符鳩。

當時人歌曰：『可憐白符鳩，枉殺檀江州。』見《南史》。

視刀環

常恨言語淺，不如人意深。着意視字。今朝兩相視，脈脈萬重心。

秋風引

何處秋風至，蕭蕭送雁群。朝來入庭樹，孤客最先聞。

若説『不堪聞』，便淺。

孟郊

古別離

欲別牽郎衣，郎今向何處。不恨歸來遲，莫向臨邛去。

賈島

尋隱者不遇

松下問童子，言師採藥去。只在此山中，雲深不知處。

王建

新嫁娘

三日入厨下，洗手作羹湯。未諳姑食性，先遣小姑嘗。

詩到真處，一字不可移易。

行宫 一作元稹詩。

寥落古行宫，宫花寂寞紅。白頭宫女在，閒坐説玄宗。

説玄宗，不説玄宗長短，佳絶。

只四語已抵一篇《長恨歌》矣！

王涯字廣津，太原人。貞元中進士，舉宏詞，爲翰林學士。元和中知制誥，爲相，尋出鎮。文宗立，復爲相。甘露之變，爲宦官仇士良族誅。

閨人贈遠四首

花明綺陌春，柳拂御溝新。爲報遼陽客，流光不待人。

鸎啼緑樹深，燕語雕梁晚。不省出門行，沙場知近遠。
閨人不省出門，而夢中時到沙場，若知其近遠者然。如云不省出門，焉知沙場之近遠，意味便薄。

遠戍功名薄，幽閨年貌傷。妝成對春樹，不語淚千行。

形影一朝别，烟波千里分。君看望君處，祇是起行雲。

張仲素

字繢之，河間人。官司勳員外郎，與王涯、令狐楚同爲舍人，同長五七言絶句，編《三舍人集》。

春閨思

裊裊城邊柳，青青陌上桑。提籠忘采葉，昨夜夢漁陽。

楊用修謂從《卷耳》首章翻出。

李賀

馬詩

催榜渡烏江，神騅泣向風。君王今解劍，何處逐英雄。

項羽騅以馬贈亭長，然羽既刎死，神騅必不受人騎也。十餘首中，此首寫得神駿。

張祜

宮詞

故國三千里，深宮二十年。一聲《河滿子》，雙淚落君前。《樂府雜録》云：『何滿子，開元中歌者。臨刑，歌樂府以贖死，竟不得免，曲即名《何滿子》。』文宗時宫人沈阿翹爲帝舞此曲，亦舞曲也。

令狐楚

字慤士，德棻之後。成進士，累遷至中書侍郎，同平章事。敬宗逐李紳，楚自宣武節度徙天平，入爲左僕射。

從軍行

胡風千里驚，漢月五更明。縱有還家夢，猶聞出塞聲。

楊凝

柳絮

河畔多楊柳，追遊盡狹邪。春風一回送，亂入莫愁家。

施肩吾

字希聖，睦州人。元和中進士，慕仙迹，隱豫章西山。

湘竹詞

萬古湘江竹，無窮奈怨何。年年長春筍，只是淚痕多。

幼女詞

幼女纔六歲，未知巧與拙。向夜在堂前，學人拜新月。

是幼女，與『細語人不聞』情事各别。

雍陶

送陳標

滿酌勸僮僕，好隨郎馬蹄。春風慎行李，莫上白銅鞮。

杜牧

江樓

獨酌芳春酒，登樓已半曛。誰驚一行雁，衝斷過江雲。

李商隱

嘲桃

無賴夭桃面，平明露井東。春風爲開了，却擬笑春風。

似爲負恩人寫照。

登樂遊原

向晚意不適，驅車登古原。夕陽無限好，只是近黄昏。

許渾

塞下曲

夜戰桑乾雪，秦兵半不歸。朝來有鄉信，猶自寄寒衣。

可與陳陶《隴西行》相證。

于武陵杜曲人。

勸酒

勸君金屈卮，滿酌不須辭。花發多風雨，人生足別離。

趙嘏

寒塘

曉髮梳臨水，寒塘坐見秋。鄉心正無限，一雁過南樓。

崔道融

班婕妤

寵極辭同輦，恩深棄後宮。自題秋扇後，不敢怨春風。

沈如筠 僖宗時進士。

閨怨

雁盡書難寄，愁多夢不成。願隨孤月影，流照伏波營。

與『可憐閨裏月，偏照漢家營』同妙。

雍裕之未詳。

江上聞猿

楓岸月斜明，猿啼旅夢驚。愁多腸易斷，不待第三聲。

荆　叔未詳。

題慈恩寺塔

漢國山河在，秦陵草木深。暮雲千里色，無處不傷心。

暗合少陵《春望》起法。

七歲女子 以下閨中及無名氏詩。

送兄 如意中，有七歲女子能詩，武后命賦《別兄》，應聲而成云。

別路雲初起，離亭葉正飛。所嗟人異雁，不作一行歸。

王韞秀 元載妻也，載爲相後媿此婦人。

偕夫遊秦

路掃饑寒迹，天哀志氣人。休零別離淚，携手入西秦。

作丈夫語。

宫人韓氏

題紅葉

流水何太急，深宫盡日閒。殷勤謝紅葉，好去到人間。

僖宗時，于祐步禁衢，得紅葉詩，亦題一葉云：『曾聞葉上題紅怨，葉上題詩寄阿誰。』後娶宫人韓氏，見葉驚曰：『此妾所作！妾於水中亦得一葉。』騐之，相合。

張文姬鮑參軍妻。

沙上鷺

沙頭一水禽，鼓翼揚清音。只待高風便，非無雲漢心。

溪口雲

溶溶溪口雲，纔向溪中吐。不復歸溪中，還作溪中雨。

音節竟是古詩。

安邑坊女子

幽恨詩

卜得上峽日，秋江風浪多。江陵一夜雨，腸斷木蘭歌。

劉采春

囉嗊曲三首

不喜秦淮水，生憎江上船。載兒夫婿去，經歲又經年。

不喜、生憎，經歲、經年，重複，可笑的是兒女子口角。

那年離別日，只道往桐廬。桐廬人不見，今得廣州書。

言無定踪也。

莫作商人婦，金釵當卜錢，朝朝江上望，錯認幾人船。

薛濤

高駢席上作

聞說邊城苦，如今到始知。好將筵上曲，唱與隴頭兒。

西鄙人

哥舒歌

北斗七星高，哥舒夜帶刀。至今窺牧馬，不敢過臨洮。

與《敕勒歌》同是天籟，不可以工拙求之。

太上隱者

答人

偶來松樹下，高枕石頭眠。山中無歷日，寒盡不知年。

語有太古風。

七言絶句

王　勃

九日登高勃既廢，客劍南時作。

九月九日望鄉臺，他席他鄉送客杯。人今已厭南中苦，鴻雁那從北地來。

似對不對，初唐標格，不得認作律詩之半。

杜審言

贈蘇書記

知君書記本翩翩，爲許從戎赴朔邊。紅粉樓中應計日，燕支山下莫經年。燕支、紅粉，略見映帶。

渡湘江此遭貶峰州而作。

遲日園林悲昔遊，今春花鳥作邊愁。獨憐京國人南竄，不似湘江水北流。北人南竄，歸日無期，惟湘流向北爲可羡也。

張　説

送梁六

巴陵一望洞庭秋，日見孤峰水上浮。聞道神仙不可接，心隨湖水共悠悠。比洞庭爲神仙窟宅，然身不至，惟送人之心與湖水俱遠耳。

張敬忠開元中平盧節度使。

邊詞

五原春色舊來遲，二月垂楊未挂絲。即今河畔冰開日，正是長安花落時。

不須用意。

王翰

涼州詞

蒲桃美酒夜光杯，欲飲琵琶馬上催。醉卧沙場君莫笑，古來征戰幾人回。

故作豪飲之詞，然悲感已極。

楊仲弘論絶句以第三句爲主，而第四句發之。盛唐多與此合。

王維

送元二使安西

渭城朝雨裛輕塵，客舍青青柳色新。勸君更盡一杯酒，西出陽關無故人。

少年行

新豐美酒斗十千，咸陽遊俠多少年。相逢意氣爲君飲，繫馬高樓垂柳邊。

九月九日憶山東兄弟

獨在異鄉爲異客，每逢佳節倍思親。遥知兄弟登高處，遍插茱萸少一人。

即《陟岵》詩意。誰謂唐人不近《三百篇》耶？

送沈子福之江東

楊柳渡頭行客稀，罟師蕩槳向臨圻。唯有相思似春色，江南江北送君歸。

春光無處不到，送人之心猶春光也。

孟浩然

送杜十四之江南

荆吴相接水爲鄉，君去春江正淼茫。日暮孤帆泊何處，天涯一望斷人腸。

王之涣

凉州詞

黄河遠上白雲間，一片孤城萬仞山。羌笛何須怨楊柳，春光不度玉門關。〔一〕《集異記》云：之涣與王昌齡、高適共詣旗亭，有梨園伶官十人會飲，三人擁爐以觀。俄有妙妓四輩奏樂，皆當

〔一〕一作『春風不度玉門關』。

時名部。三人私相約曰：『我輩各擅詩名，不定甲乙。今諸伶所謳，以詩多者爲優。』初謳昌齡詩，次謳適詩，又次謳復昌齡詩。之涣指諸妓中最佳者曰：『待此子所唱，如非我詩，終身避席矣。』次至雙鬟，發聲果謳『黄河遠上』云云，因大諧笑。諸伶詣問因，語之，乃競拜，乞就筵席。

李于麟推王昌齡『秦時明月』爲壓卷，王元美推王翰『葡萄美酒』爲壓卷，王漁洋則云：必求壓卷，王維之『渭城』、李白之『白帝』、王昌齡之『奉帚平明』、王之涣之『黄河遠上』其庶幾乎！而終唐之世，絶句亦無出四章之右者矣。愚謂李益之『回樂峰前』、劉禹錫之『山圍故國』、杜牧之『烟籠寒水』、鄭谷之『揚子江頭』，氣象雖殊，亦堪接武。

常　建

塞下曲

玉帛朝回望帝鄉，烏孫歸去不稱王。天涯静處無征戰，兵氣銷爲日月光。句亦吐光。

三日尋李九莊

雨歇楊林東渡頭，永和三日蕩輕舟。故人家在桃花岸，直到門前溪水流。

高適

除夜

旅館寒燈獨不眠，客心何事轉凄然。故鄉今夜思千里，霜鬢明朝又一年。作『故鄉親友思千里外人』，愈有意味。

營州歌

營州少年厭原野，狐裘蒙茸獵城下。虜酒千鍾不醉人，胡兒十歲能騎馬。

別董大

千里黄雲白日曛，北風吹雁雪紛紛。莫愁前路無知己，天下何人不識君。

岑参

嘉州邊塞詩尤爲獨步。

酒泉太守席上醉後歌

酒泉太守能劍舞，高堂置酒夜擊鼓。胡笳一曲斷人腸，座上相看淚如雨。

武威送劉判官赴磧西行軍

火山五月行人少，看君馬去疾如鳥。都護行營太白西，角聲一動胡天曉。

赴北庭度隴思家

西向輪臺萬里餘，也知鄉信日應疏。隴山鸚鵡能言語，爲報家人數寄書。

欲鸚鵡報家人寄書，思曲而苦。

磧中作

走馬西來欲到天，辭家見月兩回圓。今夜不知何處宿，平沙萬里絶人烟。

投宿無所，則磧中無人可知矣。

虢州後亭送李判官

西原驛路挂城頭，客散江亭雨未休。君去試看汾水上，白雲猶似漢時秋。

山房春事

梁園日暮亂飛鴉，極目蕭條三兩家。庭樹不知人去盡，春來還發舊時花。

後人襲用者多，然嘉州實爲絶調。

逢入京使

故園東望路漫漫，雙袖龍鍾淚不乾。馬上相逢無紙筆，憑君傳語報平安。

人人胸臆中語，却成絶唱。

封大夫破播仙凱歌名常清。

漢將承恩西破戎，捷書先奏未央宮。天子預開麟閣待，秪今誰數貳師功。

日落轅門鼓角鳴，千群面縛出蕃城。洗兵魚海雲迎陣，秣馬龍堆月照營。

賈　至

送李侍郎赴常州

雪晴雲散北風寒，楚水吴山道路難。今日送君須盡醉，明朝相憶路漫漫。

西亭春望

日長風暖柳青青，北雁歸飛入窅冥。岳陽樓上聞吹笛，能使春心滿洞庭。

巴陵與李十二裴九汎洞庭

楓岸紛紛落葉多，洞庭秋水晚來波。乘興輕舟無近遠，白雲明月弔湘娥。

前人謂末句翻太白案，試思『白雲明月』，仍是不知何處矣，何嘗翻案耶？

賀知章

回鄉偶書

少小離家老大回，鄉音無改鬢毛摧。兒童相見不相識，笑問客從何處來。

原本鬢毛衰。衰，入四支，音司，十灰中，衰音縗，恐是摧字之誤，因改正。

離別家鄉歲月多，近來人事半銷磨。惟有門前鏡湖水，春風不改舊時波。

王昌齡

龍標絶句深情幽怨、意旨微茫，令人測之無端、玩之無盡，謂之唐人《騷》語可。

聽流人水調子

孤舟微月對楓林，分付鳴箏與客心。嶺色千重萬重雨，斷絃收與淚痕深。

芙蓉樓送辛漸樓在潤州。

寒雨連江夜入吴，平明送客楚山孤。洛陽親友如相問，一片冰心在玉壺。

言己之不牽於宦情也。

送狄宗亨

秋在水清山暮蟬，洛陽樹色鳴皋烟。送君歸去愁不盡，又惜空度凉風天。

生趣。

殿前曲

昨夜風開露井桃，未央前殿月輪高。平陽歌舞新承寵，簾外春寒賜錦袍。

只説他人之承寵，而己之失寵悠然可會，此《國風》之體也。

長信秋詞

奉帚平明金殿開，且將團扇共徘徊。玉顔不及寒鴉色，猶帶昭陽日影來。

昭陽宫，趙昭儀所居。宫在東方，寒鴉帶東方日影而來，見己之不如鴉也。優柔婉麗，含蘊無窮，使人一唱而三歎。

真成薄命久尋思，夢見君王覺後疑。火照西宮知夜飲，分明複道奉恩時。

下『分明』二字，寫夢境入微。

西宮春怨

西宮夜静百花香，欲卷珠簾春恨長。斜抱雲和深見月，朦朧樹色隱昭陽。

從軍行四首

烽火城西百尺樓，黄昏獨坐海風秋。更吹羌笛關山月，無那金閨萬里愁。

萬里之外念及金閨，能無愁乎！

青海長雲暗雪山，孤城遥望玉門關。黄沙百戰穿金甲，不破樓蘭終不還。

作豪語看亦可，然作歸期無日看，倍有意味。

秦時明月漢時關，萬里長征人未還。但使龍城飛將在，不教胡馬度陰山。

備胡築城，起于秦漢，明月屬秦，關屬漢，互文也。

師勞力竭，而功不成，由將非其人之故，故思飛將軍云。

大漠風塵日色昏，紅旗半卷出轅門。前軍夜戰洮河北，已報生禽吐谷渾。

張　謂

送人使河源

《西域傳》：河有兩源，一出葱嶺，一出于闐。

故人行役向邊州，匹馬今朝不少留。長路關山何日盡，滿堂絲竹爲君愁。絲竹本以娱情，然送人萬里之遠，則絲竹皆愁音也。警絶！

張　旭

蘇州人。

山中留客

山光物態弄春暉，莫爲輕陰便擬歸。縱使晴明無雨色，入雲深處亦沾衣。

重訂唐詩別裁集卷二十

長洲沈德潛歸愚選

李白

五言絶，右丞、供奉，七言絶，龍標、供奉，妙絶古今，别有天地。

七言絶句以語近情遥、含吐不露爲貴，只眼前景、口頭語，而有絃外音，使人神遠，太白有焉。

越中懷古

越王勾踐破吴歸，戰士還家盡錦衣。宫女如花滿春殿，秖今惟有鷓鴣飛。

三句説盛，一句説衰，其格獨創。

送孟浩然之廣陵

故人西辭黄鶴樓，烟花三月下揚州。孤帆遠影碧空盡，惟見長江天際流。

春夜雒陽聞笛

誰家玉笛暗飛聲，散入東風滿洛城。此夜曲中聞折柳，何人不起故園情。

峩眉山月歌

峨眉山月半輪秋，影入平羌江水流。夜發青溪向三峽，思君不見下渝州。

月在清溪三峽之間，半輪亦不復見矣！『君』字，即指月。

横江詞

横江館前津吏迎，向余東指海雲生。郎今欲渡緣何事，如此風波不可行。

上皇西巡南京歌

上皇歸後，以蜀郡爲南京。

莫道君王行路難，六龍西幸萬人歡。地轉錦江成渭水，天迴玉壘作長安。

劍閣重關蜀北門，上皇歸馬若雲屯。少帝長安開紫極，雙懸日月照乾坤。

二句上皇，三句少帝，而以末句總收，格法又别。

黄鶴樓聞笛

一爲遷客去長沙，西望長安不見家。黄鶴樓中吹玉笛，江城五月落梅花。

《梅花落》，笛中曲名。

下江陵

朝辭白帝彩雲間，千里江陵一日還。兩岸猿聲啼不住，輕舟已過萬重山。

寫出瞬息千里，若有神助。入猿聲一句，文勢不傷于直，畫家布景設色，每于此處用意。

客中作

蘭陵美酒鬱金香，玉碗盛來琥珀光。但使主人能醉客，不知何處是他鄉。

强作寬解之詞。

舟下荆門

霜落荆門烟樹空，布颿無恙挂秋風。此行不爲鱸魚膾，自愛名山入剡中。

明明説天下將亂，子身歸隱，却又推開解説，此古人身分不可及處。

與賈舍人汎洞庭

洞庭西望楚江分，水盡南天不見雲。日落長沙秋色遠，不知何處弔湘君。

巴陵贈賈舍人

賈生西望憶京華，湘浦南遷莫怨嗟。聖主恩深漢文帝，憐君不遣到長沙。

望天門山

天門中斷楚江開，碧水東流向北迴。兩岸青山相對出，孤帆一片日邊來。

蘇臺覽古

舊苑荒臺楊柳新，菱歌清唱不勝春。只今惟有西江月，曾照吴王宫裏人。

贈汪倫

李白乘舟將欲行，忽聞岸上踏歌聲。桃花潭水深千尺，不及汪倫送我情。

若說汪倫之情比於潭水千尺，便是凡語，妙境只在一轉换間。

清平調

天寶中，沉香亭牡丹盛開，上曰：『賞名花、對妃子，焉用舊樂？』宣李白進《清平調》三章，白帶醉立賦。上命樂工遲其聲以媚之。清平調、清調、平調，本《房中樂》，此合用之也。

雲想衣裳花想容，春風拂檻露華濃。若非群玉山頭見，會向瑶臺月下逢。

三章合花與人言之，風流旖旎，絶世豐神。或謂首章咏妃子，次章咏花，三章合咏，殊近執滯。

一枝紅艷露凝香，雲雨巫山枉斷腸。借問漢宫誰得似，可憐飛燕倚新妝。

初太真持七寶杯，酌葡萄酒，笑領歌意，後高力士謂『飛燕比擬輕薄』，太真譖於上，因而遣之。

名花傾國兩相歡，常得君王帶笑看。解釋春風無限恨，沉香亭北倚闌干。

本言釋天子之愁恨，托以春風，措詞微婉。

聞王昌齡左遷龍標遥有此寄

楊花落盡子規啼，聞道龍標過五溪。我寄愁心與明月，隨風直到夜郎西。

即『將心寄明月，流影入君懷』意，出以摇曳之筆，語意一新。

杜　甫

少陵絶句直抒胸臆，自是大家氣度，然以爲正聲則未也。宋人不善學之，往往流於粗率。楊廉夫謂『學杜須從絶句入』，真欺人語！

贈花卿

集注：花卿，名敬定，劍南節度使。

錦城絲管日紛紛，半入江風半入雲。此曲祇應天上有，人間能得幾回聞。

楊用修謂花卿在蜀，僭用天子禮樂，子美作此諷之，而意在言外。

書堂飲，既夜，復邀李尚書下馬月下賦

湖月林風相與清，殘尊下馬復同傾，倒説以便與下句相對。久拚野鶴如雙鬢，遮莫鄰雞下五更。

江南逢李龜年

岐王宅裏尋常見，崔九堂前幾度聞。正是江南好風景，落花時節又逢君。

含意未伸，有案無斷。

嚴　武

字季鷹，挺之之子。哥舒翰奏充判官，累爲劍南東川節度使，尋遷黄門侍郎，復爲劍南節度等使，遷吏部尚書，封鄭國公。

軍城早秋

昨夜秋風入漢關，朔雲邊月滿西山。更催飛將追驕虜，莫遣沙場匹馬還。英爽與少陵作魯衛。

孟雲卿

寒食

二月江南花滿枝，他鄉寒食遠堪悲。貧居往往無烟火，不獨明朝爲子推。

劉長卿

送李判官之潤州行營

萬里辭家事鼓鼙，金陵驛路楚雲西。江春不肯留行客，草色青青送馬蹄。

重送裴郎中貶吉州

猿啼客散暮江頭，人自傷心水自流。同作逐臣君更遠，青山萬里一孤舟。

時文房亦貶爲南巴尉，吉州去京師更遠於南巴。

酬李穆見寄

孤舟相訪至天涯，萬里雲山路更賒。欲掃柴門迎遠客，青苔黄葉滿貧家。

劉後村謂魏埜、林逋俱不能及。

七里灘送嚴維

秋江渺渺水空波，越客孤舟欲榜歌。手折衰楊悲老大，故人零落已無多。

錢　起

歸雁

瀟湘何事等閒回，水碧沙明兩岸苔。二十五弦彈夜月，不勝清怨却飛來。

作呼起語，三、四相應。

琴中有《歸雁操》，故從操中落想。

暮春歸故山草堂

谷口春殘黄鳥稀，辛夷花盡杏花飛。始憐幽竹山窗下，不改清陰待我歸。

秋夜送趙洌歸襄陽

斗酒忘言良夜深，紅萱露滴鵲鶯林。夜景。欲知別後思今夕，漢水東流是寸心。漢通襄陽。

韋應物

登樓寄王卿

踏閣攀林恨不同，楚雲滄海思無窮。數家砧杵秋山下，一郡荆榛寒雨中。

寒食寄諸弟

雨中禁火空齋冷，江上流鶯獨坐聽。把酒看花想諸弟，杜陵寒食草青青。

休日訪人不遇

九日驅馳一日閒，尋君不遇又空還。怪來詩思清人骨，門對寒流雪滿山。

滁州西澗

獨憐幽草澗邊生，上有黄鸝深樹鳴。春潮帶雨晚來急，野渡無人舟自横。

起二句與下半無關。

下半即景好句！元人謂刺君子在下，小人在上。此輩難與言詩！

何良俊曰：大清樓帖中刻有韋公手書『澗邊行』，非『生』也；『尚有』，非『上』也。其爲傳刻之譌無疑，稍勝於『生』字、『上』字。

張　潮

潤州人。

江南行

茨菰葉爛別西灣，蓮子花開不見還。妾夢不離江上水，人傳郎在鳳凰山。總以行踪無定，言在水在山，俱難實指。

張　繼

字懿孫，襄州人。天寶末進士，大曆末授祠部員外郎。

楓橋夜泊

月落烏啼霜滿天，江楓漁火對愁眠。姑蘇城外寒山寺，夜半鐘聲到客船。

塵市喧闐之處，只聞鐘聲，荒凉寥寂可知。

閶門即事

耕夫召募逐樓船，春草青青萬頃田。試上吴門窺郡郭，清明幾處有新烟。

韓　翃

送客之鄂州

江口千家帶楚雲，江花亂點雪紛紛。春風落日誰相見，青翰舟中有鄂君。

鄂君，楚王母弟也，見《越人歌》。總形其孤行之寂。

寒食

春城無處不飛花，寒食東風御柳斜。日暮漢宮傳蠟燭，輕烟散入五侯家。

寒食禁火，清明日，取榆柳之火賜近臣，此唐制也。五侯，或指王氏五侯，或指宦官滅梁冀之五侯，總之先及貴近家也。

少年行

千點斑斕噴玉驄，青絲結尾繡纏鬃。鳴鞭曉出章臺路，葉葉春衣楊柳風。

皇甫冉

答張繼

悵望南徐登北固，迢遥西塞阻東關。落日臨川問音信，寒潮惟帶夕陽還。

送魏十六

秋夜沉沉此送君，陰蟲切切不堪聞。歸舟明日毘陵道，回首姑蘇是白雲。

司空曙

峽口送友

峽口花飛欲盡春，天涯去住淚沾巾。來時萬里同爲客，今日翻成送故人。客中送客，自難爲情，況又萬里之遠耶，況又同爲客耶！

江村即事

罷釣歸來不繫船，江邨月落正堪眠。縱然一夜風吹去，只在蘆花淺水邊。

三、四語全從『不繫』生出。

于鵠

貞元間詩人，隱居漢陽不出。

江南曲

偶向江邊採白蘋，還隨女伴賽江神。衆中不敢分明語，暗擲金錢卜遠人。

李涉

宿武關

遠別秦城萬里遊，亂山高下入商州。關門不鎖寒溪水，一夜潺湲送客愁。

李　益

七言絶句，中唐以李庶子、劉賓客爲最，音節神韵，可追逐龍標、供奉。

夜上受降城聞笛

明云蘆管。蘆管，笳也，笛字應誤。

回樂峰前沙似雪，受降城外月如霜。不知何處吹蘆管，一夜征人盡望鄉。絶唱。

從軍北征

天山雪後海風寒，横笛偏吹《行路難》。磧裏征人三十萬，一時回首月中看。

拂雲堆

漢將新從虜地來，旌旗半上拂雲堆。單于每向沙場獵，南望陰山哭幾回。

春夜聞笛

寒山吹笛唤春歸，遷客相逢淚落衣。洞庭一夜無窮雁，不待天明向北飛。

聽曉角

邊霜昨夜隨關榆，吹角當城片月孤。無限塞鴻飛不度，秋風吹入小單于。

樂府唐大角曲有《大單于》《小單于》。塞鴻聞角聲尚不能飛度，况《小單曲》吹入征人耳乎？與『受降城』一首相印。

汴河曲

汴水東流無限春，隋家宫闕已成塵。行人莫上長堤望，風起楊花愁殺人。

臨滹沲見蕃使列名

漠南春色到滹沱，邊柳青青塞馬多。萬里江山今不閉，漢家頻許郅支和。

上汝州郡樓

黄昏鼓角似邊州，三十年前上此樓。今日山川對垂淚，傷心不獨爲悲秋。

竇牟

字貽周，扶風人。貞元中進士，長慶中國子司業。

奉誠園聞笛

馬燧子暢以宅中大杏餉竇文場，文場以進德宗，命中使封杏樹，暢懼進宅，改爲『奉誠園』。

曾絶朱纓吐錦茵，楚莊王事。欲披荒草訪遺塵。丙吉事。秋風忽灑西園淚，滿目山陽笛裏人。

傷馬氏以見德宗之薄。

戴叔倫

湘南即事

盧橘花開楓葉衰，出門何處望京師。沅湘日夜東流去，不爲愁人住少時。

此留滯楚南，見君無期而咎沅湘東流，不爲少住，亦無聊之思也。

顧況

宿昭應

武帝祈靈太乙壇，新豐樹色遶千官。那知今夜長生殿，獨閉空山月影寒。

刺祈禱之無益也。

權德輿

贈天竺靈隱二寺主

石路泉流兩寺分，尋常鐘磬隔山聞。山僧半在中峰住，共占清猿與白雲。

武元衡

題嘉陵驛

悠悠風旆繞山川，山驛空濛雨似烟。路半嘉陵頭已白，蜀門西夏上青天。

即《蜀道難》意。

韓　愈

次潼關先寄張十二閣老

荆山已去華山來，日照潼關四扇開。刺史莫辭迎候遠，相公新破蔡州迴。

没石飲羽之技，不必以尋常絶句法求之。

柳宗元

柳州二月

宦情羈思共悽悽，春半如秋意轉迷。山城過雨百花盡，榕葉滿庭鶯亂啼。

夏晝偶作

南州溽暑醉如酒，隱几熟眠開北牖。日午獨覺無餘聲，山童隔竹敲茶臼。

酬曹侍御過象縣見寄

破額山前碧玉流，騷人遥駐木蘭舟。春風無限瀟湘意，欲採蘋花不自由。

欲采蘋花相贈，尚牽制不能自由，何以爲情乎？言外有欲以忠心獻之於君而末由意。與上蕭翰林書同意，而詞特微婉。

與浩初上人同看山寄京華親故

海畔尖山似劍鋩，秋來處處割愁腸。若爲化得身千億，散作峰頭望故鄉。

劉禹錫

石頭城

山圍故國周遭在，潮打空城寂寞回。淮水東邊舊時月，夜深還過女墻來。

只寫山水明月，而六代繁華俱歸烏有，令人於言外思之。樂天謂『後之詩人不能復措詞矣！』

烏衣巷

朱雀橋邊野草花，烏衣巷口夕陽斜。舊時王謝堂前燕，飛入尋常百姓家。

言王謝家成民居耳！用筆巧妙，此唐人三昧也。

聽舊宮人穆氏唱歌

曾隨織女渡天河，記得雲間第一歌。休唱貞元供奉曲，當時朝士已無多。

貞元尚多君子，元和已少其人。前人謂有『西方美人』之思。

與歌者何戡

二十餘年別帝京，重聞天樂不勝情。舊人惟有何戡在，更與殷勤唱渭城。

王維『渭城』詩，唐人以爲送別之曲。夢得重來京師，舊人惟一樂工，爲唱『渭城』送別，何以爲情也！

當時餅師亦唱『渭城』，此只取其三疊之工。

楊柳枝詞

煬帝行宫汴水濱，數株殘柳不勝春。晚來風起花如雪，飛入宫墻不見人。

似勝李君虞《汴河曲》。

和令狐相公牡丹

平章宅裏一闌花，臨到開時不在家。莫道兩京非遠别，春明門外即天涯。吴梅村《拙政園山茶歌》胎源於此。

張　籍

送蜀客

蜀客南行祭碧雞，木棉花發錦江西。山橋日晚行人少，時有猩猩樹上啼。

哭孟寂

曲江院裏題名處，十九人中最少年。今日春光君不見，杏花零落寺門前。

高郢典試，其年進士十七人，宏詞二人，故云十九人。

秋思

洛陽城裏見秋風，欲作家書意萬重。復恐匆匆説不盡，行人臨發又開封。

亦復人人胸臆語，與『馬上相逢無紙筆』一首同妙。

王　建

江陵使至汝州

回看巴路在雲間，寒食離家麥熟還。日暮數峰青似染，商人説是汝州山。

十五夜望月

中庭地白樹棲鴉，冷露無聲濕桂花。今夜月明人盡望，不知秋思在誰家。

不説明己之感秋，故妙。

賈　島

渡桑乾

客舍并州已十霜，歸心日夜憶咸陽。無端更渡桑乾水，却望并州是故鄉。

謂并州且不得久住，况咸陽乎？仍是思咸陽，非不忘并州也，王敬美駁謝註甚允。

白居易

魏王堤

花寒懶發鳥慵啼，信馬閑行到日西。何處未春先有思，柳條無力魏王堤。

邯鄲至夜思親

邯鄲驛裏逢冬至，抱膝燈前影伴身。想得家中夜深坐，還應説着遠遊人。

只有一真字。

憶江柳

曾栽楊柳江南岸，一别江南兩度春。遥憶青青江岸上，不知攀折是何人。

種荔支

紅顆珍珠誠可愛，白鬚太守亦何痴。十年結子知誰在，自向庭中種荔支。

達甚，亦多情甚。

白雲泉

天平山上白雲泉，雲自無心水自閒。何必奔衝山下去，更添波浪向人間。

趙村杏花

趙村紅杏每年開，十五年中看幾回。七十三人難再到，今春來是别花來。

元　稹

亞枝紅

平陽池上亞枝紅，悵望山郵是事同。還向萬竿深竹裏，一枝渾臥碧流中。

聞樂天左降江州司馬古人尚右，以降爲左。

殘燈無焰影幢幢，此夕聞君謫九江。垂死病中驚坐起，暗風吹雨入寒窗。

樂天云：他人尚不可聞，況僕哉！

重贈樂天

莫遣玲瓏唱我詩，我詩多是别君辭。明朝又向江頭别，月落潮平是去時。

李賀

南園

男兒何不帶吴鈎，收取關山五十州。諸君暫上凌烟閣，若箇書生萬户侯。

如文潞公之破貝州、王文成之擒宸濠、平八寨，何不可萬户侯耶！

尋章摘句老雕蟲，曉月當簾挂玉弓。不見年年遼海上，文章何處哭秋風。

柳淡

征人怨

歲歲金河復玉關，朝朝馬策與刀環。三春白雪歸青冢，萬里黄河遶黑山。

陳　羽

江東人，貞元中進士。

吴中覽古

吴王舊國水烟空，香徑無人蘭葉紅。春色似憐歌舞地，年年先發館娃宫。

吕　温

字和叔，河中人。貞元末進士，王叔文引爲侍御史。元和中歷刑部郎中，坐搆宰相李吉甫，貶道州刺史，轉衡州卒。

劉郎浦口號

吴蜀成婚此水潯，明珠步障屋黄金。誰將一女輕天下，欲换劉郎鼎峙心。

李德裕

長安秋夜

内官傳詔問戎機，載筆金鑾夜始歸。萬户千門皆寂寂，月中清露點朝衣。

令狐楚

少年行

弓背霞明劍照霜，秋風走馬出咸陽。未收天子河源地，不擬回頭望故鄉。

張仲素

塞下曲

朔雪飄飄開雁門，平沙歷亂轉蓬根。功名恥計擒生數，直斬樓蘭報國恩。

秋夜曲

丁丁漏永夜何長，漫漫輕雲露月光。秋逼暗蟲通夕響，征衣未寄莫飛霜。

愁閨思二首

碧窗斜日藹深暉，愁聽寒螿淚濕衣。夢裏分明見關塞，不知何路向金微。

即王涯所云『不省出門行沙場』，知近遠意。

秋天一夜静無雲，斷續鴻聲到曉聞。欲寄征人問消息，居延城外又移軍。

凉州詞一作張籍詩。

鳳林關裏水東流，白草黄榆六十秋。邊將皆承主恩澤，無人解道取凉州。

高常侍亦云『豈無安邊書，諸將已承恩』，高説得憤，此説得婉。

施肩吾

望夫詞

手爇寒燈向影頻，迴文機上暗生塵。自家夫婿無消息，却恨橋頭賣卜人。

折楊柳

傷見路傍楊柳春，一株折盡一重新。今年還折去年處，不送去年離別人。

清思回折。

王　涯

塞下曲

年少辭家從冠軍，金鞍寶劍去邀勳。不知馬骨傷寒水，惟見龍城起暮雲。

羊士諤

泰山人。貞元中進士，元和中以省郎貶資州刺史。

臺中寓直覽壁畫山水

蟲思庭莎白露天，微風吹竹曉凄然。今來始悟朝回客，暗寫歸心向石泉。

隨所感觸，無非歸興，不必作畫者果有此心。

楊凝

送客入蜀

劍閣迢迢夢想間，行人歸路繞梁山。明朝騎馬摇鞭去，秋雨槐花子午關。

張祜

雨霖鈴上皇幸蜀，棧道中遇雨，聞鈴，製《雨霖鈴》曲，以授張徽。洎至德中，復幸華清，從官嬪御無一舊人。上於望東樓令徽復奏此曲，不覺愴然。

雨霖鈴夜却歸秦，猶是張徽一曲新。長説上皇和淚教，月明南内更無人。

情韵雙絶。

祜又有《集靈臺詩》『却嫌脂粉涴顔色，淡埽蛾眉朝至尊』，譏刺輕薄，絶無詩品。後人雜入杜集，衆口交贊，真不可解。

王維之『白眼看他世上人』、張謂之『世人結交須黄金』、曹松之『一將功成萬骨枯』、章碣之『劉項原來不讀書』，此粗詩之派也；朱慶餘之『鸚鵡前頭不敢言』，此纖小詩之派也；李商隱之『薛王沉醉壽王醒』，此輕薄詩之派也。因論張祜詩而及之。

鮑　溶

贈楊鍊師

道士夜誦蘂珠經，白鶴下繞香烟聽。夜移經盡人上鶴，天風吹入青冥冥。

杜　牧

牧之絶句遠韻、遠神，然如《赤壁詩》『東風不與周郎便，銅雀春深鎖二喬』，近輕薄少年語。而詩家盛稱之，何也？

過華清宫

長安回望繡成堆，山頂千門次第開。一騎紅塵妃子笑，無人知是荔枝來。

登樂遊原

長空澹澹孤鳥没，萬古銷沉向此中。看取漢家何事業，五陵無樹起秋風。

樹樹起秋風已不堪回首，况於無樹耶！

江南春

千里鶯啼緑映紅，水村山郭酒旗風。南朝四百八十寺，多少樓臺烟雨中。

醉後題僧院

觥船一棹百分空，十載青春不負公。今日鬢絲禪榻畔，茶烟輕颺落花風。

泊秦淮

烟籠寒水月籠沙，夜泊秦淮近酒家。商女不知亡國恨，隔江猶唱後庭花。

絶唱。

題桃花夫人廟

細腰宮裏露桃新，脈脈無言度幾春。至竟息亡緣底事，可憐金谷墮樓人。

不言而生子，此何意耶？緑珠之墮樓不可及矣。

寄揚州韓綽判官

青山隱隱水迢迢，秋盡江南草未凋。二十四橋明月夜，玉人何處教吹簫。

邊上聞笳

何處吹笳薄暮天，塞垣高鳥没狼烟。遊人一聽頭堪白，蘇武争禁十九年。

『争禁』，妙！俗本作『曾禁』。

山行

遠上寒山石徑斜，白雲生處有人家。停車坐愛楓林晚，霜葉紅於二月花。

李商隱 義山長于風諭，工于徵引，唐人中另開一境。顧其中譏刺太深，往往失之輕薄，此俱取其大雅者。

夜雨寄北

君問歸期未有期，巴山夜雨漲秋池，何當共剪西窗燭，却話巴山夜雨時。

此寄閨中之詩。雲間唐氏謂寄私暱之人，詩中有何私暱意耶？

寄令狐郎中

嵩雲秦樹久離居，雙鯉迢迢一紙書。休問梁園舊賓客，茂陵秋雨病相如。

漢宫詞

青雀西飛竟未回，君王長在集靈臺。侍臣最有相如渴，不賜金莖露一杯。

言求仙無益也。或謂刺好神仙而疏賢才，或謂天子求仙，宫闈必曠，故以《宫詞》名篇。以相如比宫女，穿鑿可笑。

宫妓

珠箔輕明拂玉墀，披香新殿鬬腰支。不須看盡魚龍戲，終遣君王怒偃師。《列子》：穆王西巡，道有獻工人，名偃師。偃師所造能倡者，鎮其頤，則歌合律；捧其手，則舞應節。技將終，瞬其目而招王之侍妾。王怒，欲誅偃師，偃師立剖散倡者以示王，肝膽支節等皆假物也。

齊宫詞

永壽殿名。兵來蕭衍兵入。夜不扃，金蓮無復印中庭。梁臺歌管三更罷，猶自風摇九子鈴。莊嚴寺有九子鈴。

此篇不著議論，『可憐夜半虚前席』竟著議論，異體而各極其致。

賈生

宣室求賢訪逐臣，賈生才調更無倫。可憐夜半虚前席，不問蒼生問鬼神。

錢牧齋『絳灌但知讒賈誼，可思流汗媿陳平』，全學此種。

北齊二首

一笑相傾國便亡，何勞荆棘始堪傷。小憐玉體横陳夜，已報周師入晉陽。

後主馮淑妃，名小憐。

巧笑知堪敵萬幾，傾城最在著戎衣。晉陽已陷休回顧，更請君王獵一圍。

《北齊書》：周師取平陽，帝獵於三堆，晉州告急，帝將反，淑妃請更殺一圍，從之。

舊將軍

雲臺高議正紛紛，誰定當時蕩寇勳。日暮灞陵原上獵，李將軍是故將軍。

常娥

雲母屏風燭影深，長河漸落曉星沉。常娥應悔偷靈藥，碧海青天夜夜心。

孤寂之況以『夜夜心』三字盡之。士有争先得路而自悔者，亦作如是觀。

温庭筠

贈彈筝人

天寶年中事王皇，曾將新曲教寧王。鈿蟬金雁皆零落，一曲伊州淚萬行。

與『白頭宮女説玄宗』同意。

瑶瑟怨

冰簟銀牀夢不成，碧天如水夜雲輕。雁聲遠過瀟湘去，十二樓中月自明。

渭上題

吕公榮達子陵歸，萬古烟波繞釣磯。橋上一通名利迹，至今江鳥背人飛。

許渾

謝亭送别

勞歌一曲解行舟，紅葉青山水急流。日暮酒醒人已遠，滿天風雨下西樓。

黯然銷魂。

學仙

心期仙訣意無窮，采畫雲車起壽宫。聞有三山未知處，茂陵松柏滿西風。

雍陶

和孫明府懷舊山

五柳先生本在山，偶然爲客落人間。秋來見月多歸思，自起開籠放白鷴。

動歸思而放鷴，見物我同情也。

天津橋春望

津橋春水浸紅霞，烟柳風絲拂岸斜。翠輦不來金殿閉，宫鶯銜出上陽花。

趙　嘏

經汾陽舊宅

門前不改舊山河，破虜曾輕馬伏波。今日獨經歌舞地，古槐疏冷夕陽多。

見山河如故，而恢復山河者已不堪憑弔矣！可感全在起句。

陸龜蒙

懷宛陵舊遊

陵陽佳地昔年遊，謝朓青山李白樓。唯有日斜溪上思，酒旗風影落春流。

佳句，詩中畫本。

白蓮

素蘤多蒙別艷欺，此花端合在瑤池。無情有恨何人覺，月曉風清欲墮時。

取神之作。

鄭谷

淮上與友人别

揚子江頭楊柳春，楊花愁殺渡江人。數聲風笛離亭晚，君向瀟湘我向秦。

落句不言離情，却從言外領取，與韋左司《聞雁詩》同一法也。謝茂秦尚不得其旨，而欲顛倒其文，安問悠悠流俗？

席上贈歌者

花月樓臺近九衢，清歌一曲倒金壺。坐中亦有江南客，莫向春風唱鷓鴣。

杜荀鶴

溪興

山雨溪風卷釣絲，瓦甌篷底獨斟時。醉來睡著無人喚，流下前灘也不知。

高駢

步虚詞

清谿道士人不識，上天下天鶴一隻。洞門深鎖碧窗寒，滴露研朱點《周易》。

羅隱

贈妓雲英

鍾陵醉別十餘春，重見雲英掌上身。我未成名君未嫁，可能俱是不如人。

隱下第見舊妓雲英，英曰：『羅秀才尚未脱白。』因贈以詩。

柳

灞岸晴來送別頻，相偎相倚不勝春。自家飛絮猶無定，爭把長條絆得人。

自出新意。

李洞

山居喜友人見訪

入雲晴斸茯苓還，日暮逢迎水石間。看待詩人無別物，半潭秋水一房山。

繡嶺宫詞

春日遲遲春草緑，野棠開盡飄香玉。繡嶺宫前鶴髮翁，猶唱開元太平曲。

高　蟾字里未詳，乾符中進士。

下第後上永崇高侍郎

天上碧桃和露種，日邊紅杏倚雲栽。芙蓉生在秋江上，不向東風怨未開。

存得此心，化悲憤爲和平矣。

盧　弼未詳。

塞上四時詞

春風昨夜到榆關，故國烟花想已殘。少婦不知歸未得，朝朝應上望夫山。

恐己之家人亦將化石。

盧龍塞外草初肥，雁乳平蕪曉不飛。鄉國近來音信斷，至今猶自著寒衣。

八月霜飛柳變黃，蓬根吹斷雁南翔。隴頭流水關山月，泣上龍堆望故鄉。

朔風吹雪透刀瘢，飲馬長城窟更寒。半夜火來知有敵，一時齊保賀蘭山。

冰凍，恐胡馬踏冰而來，所以急於防守。

陳陶

字嵩伯，嶺南人。隱居洪州鹵山，種柑橙，令賣之自給。妻子亦知讀書，自號「三教布衣」。

隴西行

誓掃匈奴不顧身，五千貂錦喪胡塵。可憐無定河邊骨，猶是春閨夢裏人。

作苦語無過此者，然使王之渙、王昌齡爲之，更有餘蘊，此時代使然，作者亦不知其然而然也。

韋莊

古離别

晴烟漠漠柳毵毵，不那離情酒半酣。更把玉鞭雲外指，斷腸春色在江南。

金陵圖

江雨霏霏江草齊，六朝如夢鳥空啼。無情最是臺城柳，依舊烟籠十里堤。

唐彦謙

字茂業，并州人，咸通中進士。

仲山

漢高祖兄劉仲所葬。

千載遺蹤寄薜蘿，沛中鄉里舊山河。長陵亦是閑丘壠，異日誰知與仲多。

《漢書》：高祖置酒，奉玉卮爲太上皇壽曰：『始大人以臣無賴，不能治産業，不如仲力，今與仲孰多？』

李　拯字昌時，未詳里居。咸通中進士，累遷考功郎中，僖宗召爲翰林學士。

退朝望終南山黄巢亂後，車駕還京作。

紫宸朝罷綴鵷鸞，丹鳳樓前駐馬看。唯有終南山色在，晴明依舊滿長安。

杜老王侯第宅，文武衣冠之感。然以蘊藉出之，得絶句體。

杜　常字里未詳，唐末人，已見宋詩中。

華清宮

行盡江南數十程，曉風殘月入華清。朝元閣上西風急，都向長楊作雨聲。

末二句寫荒凉之狀，不求甚解。

王　駕

社日

鵝湖山下稻粱肥，豚柵雞棲半掩扉。桑柘影斜春社散，家家扶得醉人歸。

極村朴中傳出太平風景。

王蘊秀

以下閨中及方外無名氏詩。

寄姨妹

相國已隨麟閣貴，家風第一右丞詩。笄年解笑鳴機婦，耻見蘇秦富貴時。

陳玉蘭 吴人，王駕妻。

寄外征衣 一作王駕《古意詩》。

夫戍邊關妾在吴，西風吹妾妾憂夫。一行書寄千行淚，寒到君邊衣到無。

葛亞兒

懷良人

蓬鬢荆釵世所稀，布裙猶是嫁時衣。胡麻好種無人種，正是歸時不見歸。

以耕鑿望夫之歸，比『悔教夫婿覓封侯』較切、較正。

劉　瑗

長門怨

雨滴梧桐秋夜長，愁心和雨到昭陽。淚痕不學君恩斷，拭却千行更萬行。

杜秋孃李錡妾。

金縷詞

勸君莫惜金縷衣，勸君須惜少年時。有花堪折直須折，莫待無花空折枝。

武昌妓

續韋蟾句

悲莫悲兮生別離，登山臨水送將歸。武昌無限新栽柳，不見楊花撲面飛。

上二句集得好，下二句續得好。

僧法振

送友人之上都

玉帛徵賢楚客稀，猿啼相送武陵歸。潮頭望入桃花去，一片春帆帶雨飛。

樂府辭盖嘉運進

凉州歌

朔風吹葉雁門秋，萬里烟塵昏戍樓。征馬長嘶青海北，胡笳夜聽隴山頭。

無名氏

雜詩

無定河邊暮笛聲，赫連臺畔旅人情。函關歸路千餘里，一夕秋風白髪生。

無名氏

胡笳曲

月明星稀霜滿野，氈車夜宿陰山下。漢家自失李將軍，單于公然來牧馬。

無名氏

初渡漢江

襄陽好向峴亭看，人物蕭條屬歲闌。爲報習家多置酒，夜來風雪過江寒。